双葉文庫

はぐれ長屋の用心棒

はやり風邪

鳥羽亮

目次

この作品は双葉文庫のために書き下ろされました。

はやり風邪《かぜ》

はぐれ長屋の用心棒

第一章　予兆《きざし》

一

……寒いな。

華町源九郎《はなまちげんくろう》は、そばにあった掻巻《かいまき》を引き寄せて腰のあたりを包むようにおおった。首筋に手ぬぐいを巻き付け、火鉢を膝先に置きなおした。火鉢のなかの炭は真っ赤に熾《お》きていて、鉄瓶から湯気が立っている。

それでも寒かった。長屋の狭い部屋のなかには、肌を刺すような寒気が張りつめ、しんしんと底冷えしている。それに、五ツ（午前八時）を過ぎているはずなのだが、座敷のなかは夕暮れ時のように昏《くら》かった。

源九郎は、空が厚い雲でおおわれているせいであろうと思い、戸口に目をやると、腰高障子の破れ目から、白い物がちらちら落ちているのが見えた。

……雪か。

源九郎は寒いはずだと思い、掻巻をずり上げて肩までおおった。背を丸めて掻巻をかぶっている姿は、なんともみじめである。

源九郎は還暦にちかい老齢だった。長屋の独り暮らしである。ここ三日ばかり髭もあたらないため、だらしなく白髪交じりの無精髭が伸びていた。手焙りをかかえ、背を丸めて掻巻をかぶっている姿は、華町という名に反して、尾羽打ち枯らした貧乏牢人そのものである。

ただ、体付きは貧相ではなかった。背丈があり、胸が厚く腰もどっしりしていたからである。

源九郎は丸顔で、すこし垂れ目。茫洋《ぼうよう》として憎めない顔をしているが、無精髭におおわれた顔は、老狸のように見えた。

……菅井《すがい》が来んな。

源九郎は戸口に目をやりながらつぶやいた。

菅井紋太夫《もんだゆう》。歳は五十がらみ、同じ長屋の住人で生れながらの牢人である。田宮《たみや》流居合いの遣い手で、両国広小路《ひろこうじ》で居合抜きを観せて口を糊していた。武士ではあるが、大道芸人である。

菅井は無類の将棋好きで雨や風の日は両国広小路へ行かず、朝から将棋盤をかかえて源九郎の部屋にやって来るのだ。ところが、今日にかぎって姿をあらわさない。この雪模様の寒い日に、大道の居合抜きの見世物は無理だろう。菅井が広小路に出かけたとは思えなかった。

……何かあったかな。

源九郎は心配になった。

手焙りを抱えて部屋に籠っているのに飽きてきたこともあり、源九郎は菅井の家を覗いて見ようと思って腰を上げた。胸の内には、菅井の家に酒があれば、ふたりで一杯飲みたいという下心もあったのだ。寒い日は酒を飲んで寝るにかぎるのである。

細雪《ささめゆき》だった。戸口の地面や泥溝板《どぶいた》などが、うっすらと白くなっている。絶え間ない降雪のせいで、白い紗幕《しやまく》でおおったように遠方の家並が霞んで見えた。積もるかもしれない。

空は厚い雲でおおわれ、長屋の軒下や芥溜《ごみた》めの陰などには薄闇が忍びよっていた。いつもは賑やかな長屋もひっそりとし、赤子の泣き声や咳の音などが、くぐもったように聞こえてくるだけである。

源九郎は背を丸め、寒さから逃げるように小走りで菅井の家へ向かった。

菅井の家は静かだった。腰高障子の向こうから物音も人声も聞こえなかった。ゴホ、ゴホと重い咳の音が耳にとどいただけである。

「菅井、いるか」

源九郎は声をかけながら腰高障子をあけた。

なかは薄暗かった。重苦しい寒気が座敷をおおっている。座敷の隅に、夜具が延べてあった。菅井は寝ているようだ。

むくり、と菅井が身を起こした。その途端に、ゴホゴホと咳き込んだ。肩を揺するようにして咳をしている。

「おい、風邪《かぜ》か」

源九郎が上がり框《がまち》のそばから声をかけた。

「そ、そうだ」

菅井が苦しげに顔をしかめて言った。

「寝てろ、寝てろ。起きんでもいい」

源九郎が慌てて言った。菅井が源九郎の家に姿を見せなかったのは、風邪で寝込んでいたからである。

「なに、たいしたことはないのだ」

そう言った途端に、菅井はまた咳き込んだ。頭を振る度に総髪がバサバサと揺れ、長い髪が顔をおおった。

なんともひどい顔である。そうでなくとも、菅井は陰気な顔をしていた。肩まで伸びた総髪が顔に垂れ、頰の肉が抉《えぐ》り取ったようにこけて顎が突き出ている。般若《はんにゃ》のような面貌《おもて》だった。その顔が蒼ざめ、無精髭が顎をおおっていた。死に神と貧乏神をいっしょにしたような顔である。

「朝めしは食ったのか」

源九郎が訊《き》いた。

「まだだ。……めしを食う気にもなれん」

そう言って、菅井は横になり体にかけた搔巻を顎のあたりに引き寄せた。寒気がするらしい。熱があるにちがいない。

……これは、流行《はやり》風邪かもしれんぞ。

と、源九郎は思った。

ちかごろ、風邪が市中に流行し、長屋の住人にも風邪ひきが目立つようになってきたのだ。

「めしは食った方がいい」

「昨日から、食ってないのだ」

菅井が上がり框の方へ顔を向けて言った。いつになく、弱々しい声である。細い目が、薄闇のなかで浮き上がったように見えた。幽鬼のようである。

「食わねば、体が弱る。……めしは炊いてないのだな」

「ああ」

「よし、待ってろ。おれが、熱い湯漬けでも作ってやる。それを食って、体を暖かくして寝るんだ」

家の飯櫃《めしびつ》のなかには、まだめしが残っていた。火鉢に湯も沸いている。すぐに、支度できるはずだ。

源九郎は、待ってろよ、と言い残し、自分の家へ飛んで帰った。丼に入れためしと鉄瓶を持ってくると、湯漬けを作り、菅井の枕元に運んでやった。

菅井は身を起こし、湯気の立つ丼を手にして顔に近付けた。そのとき、つーと洟《はなみず》が垂れて、手首に落ちた。

「す、すまん。おれとしたことが、このざまだ」

菅井は照れたように笑いながら、湯漬けをかっ込み始めた。

先ほど、食う気にはなれん、と言ったが、なかなかの食いっぷりである。よほど、腹が減っていたらしい。熱い湯漬けのせいか、菅井の顔が赤みを帯び、いくぶん生気がもどってきたように見えた。

「めしを食ったら暖かくして、寝てろ。……おまえは、風邪などで音《ね》を上げる男ではないだろう」

源九郎が勇気づけるように言った。

「華町、おまえ、将棋をやりに来たのではないのか」

ふいに、菅井が箸をとめて訊いた。

「将棋は、おまえがよくなってからだ」

源九郎は、苦笑いを浮かべた。めしを食ってすこし元気が出ると、すぐに将棋の話である。

「将棋ぐらい、寝ながらでも指せるぞ」

「寝てろ、寝てろ。将棋は治ってからだ」

源九郎が突っ撥《ぱ》ねるように言ったとき、腰高障子の向こうに走り寄る足音がした。

二

勢いよく腰高障子があいて、土間に飛び込んできたのは茂次《しげじ》である。雪のなかを走って来たらしく、口から沸騰した鉄瓶の湯気のように白い息を吐いている。

「や、やっぱりここでしたかい」

茂次が声をつまらせて言った。

茂次も長屋の住人で、研師《とぎし》だった。研師といっても、長屋や路地裏などをまわって、包丁、鋏《はさみ》、剃刀《かみそり》などを研ぐとともに、鋸《のこぎり》の目立てなどをして暮らしていた。

茂次は若いころ刀槍を研ぐ名のある研屋に奉公に出たのだが、師匠と喧嘩して飛び出してしまったのだ。いわば、茂次はその道から挫折したはぐれ者である。

源九郎たちの住む長屋は、伝兵衛店《でんべえだな》という名があるが、界隈《かいわい》でははぐれ長屋と呼ばれていた。

長屋の住人は、食いつめ牢人、無宿者、大道芸人、その道から挫折した職人、その日暮らしの日傭取《ひようと》りなどのはぐれ者が多かったからである。源九郎も菅井も、はぐれ者のひとりだった。

「どうした、茂次」

源九郎が訊いた。

この雪では、茂次も仕事に出ずに長屋にいたのだろうが、何かあったにちがいない。

「華町の旦那、人殺しでさァ」

茂次が目を剝《む》いて言った。

「人殺しな。長屋にかかわりのある者でも殺されたのか」

町方でもないのに、人殺しがあったからといって騒ぐ必要はないのだ。

「近くですぜ」

「どこだ」

菅井が、汚れた搔巻を引き寄せながら訊いた。湯漬けを食い終えたらしい。

「水戸さまの石置き場でさァ」

「大川端か」

「へい」

竪川《たてかわ》にかかる一ツ目橋を渡った先の大川端に、水戸家の石置き場があった。はぐれ長屋からすぐである。

「この寒いのに、大川端へ行く気にはなれんな」

川風は一段と寒いだろう、と源九郎は思った。

「殺《や》られたのは、大工らしいですぜ」

茂次によると、長屋に出入りしている富六《とみろく》というぼてふりが、路地木戸の前で話しているのを聞いたそうだ。

「大工でも左官でも、おれとかかわりはない」

「それが、旦那、頭をぶち割られて死んでるそうですぜ」

茂次がむきになって言った。源九郎の対応がすげないからであろう。

「頭をな」

刀や匕首《あいくち》で殺されたのではないらしい。下手人は石でも手にして、殴りつけたのであろうか。

「顔が血まみれだそうでさァ」

「喧嘩ではないのか」

「あっしには分からねえ」

茂次が首をひねったとき、菅井が丼を脇に置き、

「行ってみるか」

と言って、腰を上げようとした。湯漬けを食ってすこし元気が出たらしく、顔に生気がもどっている。ただ、顔が赤みを帯びているのは、熱のせいらしい。

「な、何を言う。菅井が、行ってどうする。その体で、川風にでも当たってみろ。それこそ、命取りだぞ」

源九郎が慌てて言った。

「だが、頭を割られて死んでいるとなると、辻斬りや追剝《おいは》ぎの仕業ではないだろう。身内が死骸《ほとけ》を引き取る前に見ておいても損はないぞ」

「分かった。おれが行って見てくるから、菅井は寝てろ」

源九郎は仕方なしに腰を上げた。

「あっしも、行きやすぜ」

茂次が先に立って戸口から出た。

まだ、雪は降っていた。長屋の泥溝板や屋根に、うっすらと雪が積もっている。ただ、傘が必要なほどの雪ではない。

井戸端まで来たとき、手桶を手にした助造《すけぞう》が背を丸めながらやってきた。助造は源九郎の家の斜向《はす》かいに住む日傭取りである。

「助造、お熊《くま》はどうした」

源九郎が声をかけた。

水汲みはお熊の仕事のはずである。

助造は子供がなく、女房のお熊とふたり暮らしだった。お熊は四十過ぎで樽のように太っており、がらっぱちで口は悪いが、世話好きで心根はやさしかった。独り暮らしの源九郎に何かと気を使って、余分に炊いためしや余り物の煮物などをよく持ってきてくれるのだ。

「それが、旦那、お熊のやつ、風邪をひいて寝込んじまって……」

助造が困惑したように顔をしかめて言った。

「お熊も風邪か」

源九郎は驚いた。いつも元気なお熊が、風邪で寝込んだという。源九郎がこの長屋に越してきてから、お熊が病で臥《ふ》せったことなどなかったのだ。

「お熊も人の子でさァ」

助造が首をすくめて言った。

「大事にしてやれよ」

「へい」

「こんなときでないと、お熊の世話はしてやれないからな」

源九郎はそう言い残し、茂次とふたりで路地木戸を出た。

はぐれ長屋は、本所相生町《あいおいちょう》一丁目にあった。相生町は竪川沿いにひろがっていて、一ッ目橋は町のはずれにかかっている。

「旦那、あそこのようですぜ」

茂次は一ッ目橋を渡るとすぐに大川沿いを指差した。

見ると、石置き場の手前の岸辺に人だかりができていた。そこはゆるやかな傾斜地で、枯れた芒《すすき》や葦《あし》などが川風になびいていた。その叢《くさむら》のなかに、男たちが集まっている。その足下もうっすらと雪が積もっていた。

人垣は通りすがりの者が多いようだが、岡っ引きらしい男や八丁堀同心の姿もあった。同心は小袖を着流し、羽織の裾を帯で挟む巻き羽織と呼ばれる独特な格好をしているので、遠くからでもそれと分かるのである。

三

「村上《むらかみ》の旦那ですぜ」

人垣に近付きながら、茂次が言った。

「そのようだな」

人垣のなかにいるのは、南町奉行所定廻り同心の村上彦四郎《ひこしろう》である。源九郎は村上のことを知っていた。源九郎がこれまでかかわった事件のなかで、村上と顔を合わせたことがあったのである。

源九郎たちは人垣の後ろから覗いたが、芒や葦などの丈の高い雑草が邪魔になって死体は見えなかった。

川風が冷たかった。集まった野次馬たちのなかにも、風邪をひいている者がいるらしく、乾いた咳の音が聞こえた。

「ちょいと、通してくれ」

茂次が人垣に強引に割り込んだ。

源九郎も、茂次が野次馬を押し退《の》けてできた隙間から前に出た。

「旦那、諏訪町《すわちょう》の親分ですぜ」

茂次が小声で言った。

村上のそばに、屈み込んで死体に目をむけている色の浅黒い剽悍《ひょうかん》そうな男がいた。浅草諏訪町に住む岡っ引きの栄造《えいぞう》である。源九郎や茂次は、栄造とも顔見知りだった。栄造は事件を耳にして諏訪町から駆け付けたのであろう。

「ひでえ顔だ」

茂次が顔をしかめた。

人垣の前に出ると、村上の足下に横たわっている死体の顔が見えた。

死体の男は頭部が割れ、顔が血まみれだった。眼球が飛び出したように白く浮き上がっている。口を大きくあけ、何かに嚙みつこうとでもしているかのように前歯を剝き出していた。凄《すさ》まじい形相である。

男は三十がらみであろうか。黒の半纏《はんてん》と丼（腹掛けの前隠し）、紺の股引姿だった。大工か屋根葺《ふ》き職人といった感じの男である。

仰臥《ぎようが》している死体の上にも、雪が積もり始めていた。川面を渡ってきた寒風に、枯れた芒や葦が震えるように揺れている。

……石で殴ったのではないようだ。

と、源九郎は見て取った。

男の真額《まびたい》から頭頂にかけて筋状に陥没していた。木刀か堅い棒で真っ向へ打ち込んだような傷である。

……強力《ごうりき》の主だな。

武器《えもの》は何か分からなかったが、真額をとらえている。しかも、一撃が命を奪っているのだ。下手人に武芸の心得があるかどうかは分からなかったが、強力の主であることはまちがいないだろう。

そのとき、栄造が源九郎に気付いて近寄ってきた。

「華町の旦那、死骸と何かかかわりがあるんですかい」

栄造が小声で訊いた。集まっている野次馬に聞こえないように気を使ったらしい。

「い、いや、たまたま茂次と通りかかってな。人だかりがしているので、覗いてみたのだ」

源九郎はごまかした。寒いなか、わざわざ長屋から見に来たとは言えなかったのである。

「死骸は、峰吉《みねきち》ってえ大工のようだが、旦那、ご存じですかい」

栄造が肩先の雪を払い落としながら訊いた。

「知らんが……。よく、死骸の名が分かったな」

「ちょうど、歳造《としぞう》ってえ仲間の大工が通りかかりやしてね。話を訊いたんでさァ」

栄造が歳造から聞いたことによると、昨日、峰吉は仕事を終えた後、石原町《いしはらちょう》の良沢《りょうたく》という町医者の許に立ち寄り、暗くなってからここを通ったはずだという。だれに殺られたかは、見当もつかないそうである。

源九郎は良沢という町医者を知っていた。評判のいい医者で、人殺しをするような男ではなかった。

「大工らしい男はいないが」

源九郎は集まっている男たちに目をやったが、それらしい男はいなかった。

「蔵造は、大工の棟梁のところへ知らせに走ったんでさァ。峰吉は、宗三郎《そうざぶろう》ってえ棟梁の倅だそうで」

「棟梁の倅か」

源九郎はそこまで聞いて、人垣のなかに身を引いた。死体の近くで岡っ引きと話している自分に、野次馬たちの視線が集まっているのを感じたからである。

源九郎が人垣のなかにひっこんだとき、背後から走り寄る複数の足音が聞こえた。六人。揃いの黒半纏と股引姿の男たちである。男たちは戸板や莫蓙《ござ》などを手にしていた。

人垣が左右に割れ、丸宗《まるそう》の棟梁だ！　死骸を引取りにきたんだ！　などという声があちこちから聞こえた。どうやら、父親の宗三郎が、雇っている大工たちを連れて殺された峰吉を引取りに来たようだ。丸宗というのは、屋号であろう。

大柄で眉の濃い男が、村上のそばに行って何やら話し始めた。宗三郎のようだ。還暦にちかいだろうか。鬢《びん》や髷《まげ》は白髪交じりで、額には横皺が寄っていた。その顔が、驚愕《きょうがく》と悲痛にゆがんでいる。

「いいだろう、死骸を引き取ってくんな」

川面を渡ってきた寒風といっしょに、村上の声が源九郎の耳にとどいた。どうやら、宗三郎は村上に倅の死体を引き取っていいか訊いたらしい。戸板や莨蓙は、そのために持ってきたのであろう。

宗三郎は連れてきた大工たちに指示し、峰吉の死体を戸板に乗せ、その上に莨蓙をかけて、叢から運び出した。

宗三郎たちが遠ざかると、集まっていた野次馬たちも、ひとりふたりとその場を離れ始めた。村上は数人の岡っ引きを近くに集めて何やら話していた。探索についで、指示しているのだろう。

「茂次、引き上げよう」

源九郎は、はぐれ長屋の方へ足早に歩きだした。

「まったくひでえことしやがる」

茂次が跟《つ》いてきながら、吐き捨てるように言った。

「ま、まったくだ……」

　源九郎は、声を震わせて言った。川風に晒《さら》されていたせいで、身が硬くなって顫《ふる》えていた。体といっしょに声まで震えている。

「下手人は、だれですかね」

　茂次が訊いた。

「分かるわけがないだろう」

　下手人もそうだが、峰吉がなぜ殺されたのかも分からなかった。どうみても、辻斬りや追剝ぎの仕業ではない。遣った武器からみて、下手人は武士ではないだろう。仲間内の揉《も》め事による犯行かもしれない。いずれにしろ、町方の仕事で、源九郎たちの出る幕ではないのである。

「旦那、どうしやす？」

　茂次がけわしい顔をして訊いた。

「どうするって、これから長屋に帰って一杯やるのだ。こう寒くては、凍え死ぬぞ」

　源九郎の足が小走りになった。せめて、体を動かして寒さから逃れたいと思ったのである。

四

「俊之介《しゅんのすけ》、おまえ、風邪をひいたのではないのか」

源九郎が訊いた。

倅の俊之介が、咳をしたのだ。それに、顔色が冴えない。顔に艶《つや》がなく、肌が白っぽく潤いがないような感じがする。

この日、源九郎は六軒堀《ろっけんぼり》沿いにある華町家に来ていた。江戸に流行風邪がひろがってきたという噂を聞いて、家のことが心配になって来てみたのだ。

華町家は、五十石の御家人だった。数年前、源九郎は嫡男の俊之介が、君枝《きみえ》という嫁をもらったのを機に家を出て、はぐれ長屋で独り暮らしを始めたのである。

その後、俊之介夫婦には嫡男の新太郎《しんたろう》、長女の八重《やえ》が生まれ、家族は四人になった。源九郎には、ふたりの孫ができたのである。

「すこし風邪ぎみでしてね」

俊之介が眉宇《びう》を寄せて言った。

「新太郎と八重は、どうなのだ」

新太郎は七つ、八重は三つになる。今日は朝からおだやかな晴天だったので、君枝はふたりを連れて実家に帰っているそうである。いつになく家のなかが静かなのは、賑やかな孫たちがいないからだ。

「八重は元気ですが、新太郎は風邪ぎみでして……」

俊之介によると、新太郎は咳をするが熱がないので暖かくして出かけたという。

「心配だな。……ともかく、おまえは、すこし横になって休んだらどうだ」

流行の風邪は年寄りや子供が重症になることが多く、死者もすくなくないと聞いていたが、俊之介のような活力に満ちた年頃の男も油断はできなかった。

「寝込むほどではありませんよ。それに、君枝が帰りに、元福丸《げんぷくがん》を買ってくると言ってましたので、すぐ治るでしょう」

元福丸は、風邪薬だった。最近、日本橋十軒店町《じつけんだなちよう》の生薬屋《きぐすりや》、吉野屋《よしのや》で売り出した薬で、元福丸を飲めば悪い風邪もたちどころに治ると評判だった。

「元福丸は値が張ると聞いているが……」

源九郎の長屋でも元福丸の話は出ていた。一服分で一朱もするそうで、貧乏長屋の住人にはなかなか手が出ないという。それに、ちかごろは品薄で、一朱出しても買えないことがあるそうだ。

「そのこともあって、君枝は実家に……。わたしはともかく、子供たちが風邪をひいたら、飲ませてやりたいので、いまのうちに買っておこうということになったんですよ」

俊之介が言いにくそうな顔をした。俊之介にしても、嫁の実家で金を借りたのでは、肩身がせまいのだろう。

ちかごろ、金のある商家や大身の旗本などは、用心のために元福丸を買って備えておく家が増えたという。華町家は裕福ではなかったが、子供がふたりもいるので、元福丸を買い求めておくつもりなのだろう。

「そうか」

源九郎も気まずかった。

君枝の実家も、華町家と似たような御家人なので、大金は都合できないだろう。源九郎は金を出してやりたかったが、生憎懐《あいにくふところ》は寂しかった。俊之介も、源九郎に金はないと分かっていて、妻の実家を頼る気になったにちがいない。

「父上、茶でも淹《い》れましょうか」

俊之介が立ち上がって台所へ行こうとした。

「茶はいい。わしは、帰る。すこし、横になって休んだ方がいいぞ。風邪は薬より、暖かくして体を休めることが大事だ」

そう言って、源九郎は腰を上げた。

屋外は、まばゆいひかりに満ちていた。晴天である。残雪に冬の陽差しが反射《はね》て、キラキラとかがやいている。三日前に降った雪は、二寸ほど積もったが、昨日、今日とよく晴れ、だいぶ解《と》けたようである。

六間堀沿いの道はぬかるんでいた。源九郎は下駄を履いてきたが、水溜まりを避けながら歩いた。

大川端へ出て竪川にかかる一ツ目橋を渡ったとき、竪川沿いを急ぎ足でやってくる老人の姿が見えた。背がまがり、すこし左足を引きずるようにして歩いてくる。

孫六《まごろく》だった。孫六もはぐれ長屋の住人である。還暦を過ぎた年寄りだが、元は番場町《ばんばちょう》の親分と呼ばれた腕利きの岡っ引きだった。七、八年前、中風をわずらい、すこし足が不自由になって引退し、いまは長屋に住む娘のおみよの家にやっかいになっているのだ。

「だ、旦那、探しやしたぜ」

孫六が声をつまらせて言った。

小さな丸い目で、小鼻が張り、愛嬌《あいきょう》のある狸のような顔をしていた。その顔が赭黒《あかぐろ》く染まっている。よほど急ぎ足で来たようだ。

「何かあったのか?」

「すぐ、大家のところへ行ってくだせえ。三崎屋《みさきや》の旦那が来てるそうですぜ」

孫六が目を剝いて言った。

孫六によると、大家の伝兵衛が長屋に来て、三崎屋の旦那が源九郎に用があって来ていることを話し、源九郎が家にいないので、孫六にどこにいるか訊いたという。

孫六は菅井のところだろうと思い、あっしが、華町の旦那に伝えやすよ、と言って、菅井のところへ走ったそうだ。

ところが、源九郎は菅井の家にもいなかった。そこで、菅井に訊くと、華町は実家に行ったようだ、と耳にしたのである。

「それで、六間堀町へ行くつもりで来たんでさァ」

孫六が言い添えた。

「ごくろうだな」

源九郎は実家に行く前、菅井の家に立ち寄って、風邪のぐあいを訊いたのだ。そのおり、実家へ行くことも話したのである。

「さァ、早く。三崎屋の旦那が待ってやすぜ」

孫六が先に立って歩きながら急《せ》かせた。

「何の用だろうな」

三崎屋東五郎《とうごろう》は、深川海辺大工町《うみべだいくちょう》に店をかまえる材木問屋のあるじだった。江戸でも名の知れた大店《おおだな》で、東五郎は三崎屋のほかに料理屋も経営しており、長屋も何ヵ所か所有していた。伝兵衛長屋も東五郎が家主である。

大家の伝兵衛は、十数年前まで三崎屋の手代をしていたが、東五郎に頼まれてはぐれ長屋を差配するようになったのである。伝兵衛夫婦には倅と娘がいたが、すでに娘は嫁にいき、倅は三崎屋で奉公していた。

現在、伝兵衛夫婦ははぐれ長屋の裏手の借家に住んでいた。その借家に、東五郎が来ているらしい。

「何の用か、あっしには分からねえ」

歩きながら孫六が言った。

「ま、話を聞けば分かるだろう」

ただ、尋常な用件でないことは推察できた。長屋の所有者が、店子《たなこ》である源九郎に会いに足を運んできたというのだ。

五

源九郎が伝兵衛の家の引き戸をあけると、すぐに伝兵衛が顔を出した。源九郎が来るのを待っていたらしい。

伝兵衛は五十代後半、鬢や髷に白髪が目立ち、歳より老けているように見えた。面長で細い目をしている。その目を糸のように細め、

「華町さま、お手間をとらせますな」

と、満面に笑みを浮かべて言った。

伝兵衛は、源九郎を客のように対応した。源九郎は店子ではあったが武士だったし、菅井たちと協力して長屋の危機や店子たちの揉め事を解決してきたからである。

源九郎や菅井たちは、界隈の住人からはぐれ長屋の用心棒と呼ばれていた。これまで、商家に頼まれて強請《ゆすり》に来た無頼牢人を追い払ったり、勾引《かどわか》された旗本の娘を助け出したりしてきたからである。当然、伝兵衛の長屋の難事や揉め事は率

先して解決してきたので、大家の伝兵衛にとっても源九郎たちは頼りになる存在だったのだ。

「三崎屋のあるじが、来ているそうではないか」

源九郎は声をひそめて訊いた。

「はい、丸宗の棟梁といっしょですよ」

伝兵衛はさらに声をひそめた。顔の笑みが消え、困惑したような表情が浮いている。

「丸宗というと、宗三郎か」

源九郎の脳裏に、大川端の石置き場で殺されていた峰吉の無残な死顔がよぎった。その死体を引取りに来たのが、父親の宗三郎である。

「よく、ご存じで」

「まァな」

源九郎は、大川端で倅の死体を見たことは口にしなかった。

「ともかく、お上がりになって、おふたりに会ってくださいまし」

伝兵衛が言った。

「分かった。話を聞いてみよう」

源九郎は、倅が殺された件のことであろうと推測したが、まず会ってみることにした。

東五郎と宗三郎は、庭に面した居間にいた。庭といっても隅に植えっ放しの松や梅があるだけで、枯草におおわれていた。空き地と言ったほうがいいのかもしれない。その庭の見える居間に、ふたりは暗い顔で座していた。

東五郎は五十代半ば、恰幅《かっぷく》のいい赤ら顔の男である。唐桟《とうざん》の羽織に細縞の袷《あわせ》、渋い路考茶《ろこうちゃ》の帯をしめていた。大店のあるじらしい貫禄が身辺にただよっている。

「華町さま、お久し振りでございます」

東五郎が、顔をなごませて言った。

東五郎が源九郎に丁寧な物言いをしたのは、それなりのわけがあった。以前、東五郎は伊勢蔵《いせぞう》と呼ばれる深川の闇世界を牛耳っている男に、倅の房次郎《ふさじろう》を人質に取られて強請られたことがあった。

その伊勢蔵に、源九郎たちが立ち向かい、房次郎を助け出して三崎屋の危機を救ったのだ。そうしたことがあって、東五郎は源九郎や菅井には、長屋の店子としてではなく世話になった武士として接していたのである。

「房次郎は、達者か」

源九郎は東五郎たちの前に膝を折った。

「はい、お蔭さまで……」

東五郎は語尾を呑み、脇に座している宗三郎に目をやった。倅の房次郎のことは、ここで話したくないようだ。倅を失った宗三郎を慮《おもんぱか》っているのであろう。

すると、宗三郎が、

「大工の宗三郎でございます」

と名乗り、源九郎に頭を下げた。

宗三郎の顔には、悲痛の翳《かげ》が張り付いていた。頰がこけ、目が隈取《くまど》っている。かなり憔悴《しょうすい》しているようだ。無理もない。無残な姿で、倅が殺されたばかりである。

「それで、わしに何か用かな」

源九郎が切り出した。

すでに、伝兵衛は遠慮してその場にいなかった。女房のお徳《とく》に話して、茶の支度でもさせているのだろう。

東五郎が宗三郎に代わって、

「華町さまは、水戸さまの石置き場で、棟梁の倅さんが殺されたのはご存じでしょうか」

と、訊いた。

「噂は聞いています。……心よりお悔やみ申し上げる」

源九郎は丁重に言って、宗三郎に頭を下げた。

「実は、その件でございましてな。棟梁に、華町様たちのことをお話ししたら、ぜひ力を貸して欲しいとおっしゃられたので、こうやってお連れした次第でして」

東五郎によると、宗三郎は大工の棟梁として三崎屋に出入りし、以前から東五郎とは昵懇《じっこん》だったという。なお、宗三郎の家も三崎屋と同じ海辺大工町にあるとのことだった。

「こ、このままでは、倅があまりに不憫《ふびん》で……」

宗三郎が悲痛に顔をゆがめ、声を震わせて言った。

「……」

源九郎は黙っていた。親として、倅を失った宗三郎の気持ちは分かるが、いまさらどうにもならないだろう。

「実は、半月ほど前、三つになる孫の徳助《とくすけ》を死なせたばかりなのでして」

宗三郎が悲痛な顔でつづけた。

「それは、また……」

源九郎は息を呑んだ。宗三郎は孫と倅をたてつづけに失ったようだ。

「徳助は流行風邪をわずらいまして、吉野屋の元福丸も飲ませたのですが一向に熱が下がらず、祈禱師《きとうし》の玄仙《げんせん》さまにもお願いしましたが、悪くなる一方で、とうとう……」

宗三郎によると、吉野屋で玄仙を紹介されたという。玄仙は霊験が落ちるため己の住居《すまい》に他人が出入りすることを許さず、祈禱の交渉は吉野屋を通しておこなわれるそうである。

「そうか」

源九郎は玄仙という祈禱師のことも知っていた。もっとも長屋の連中が噂しているのを耳にしただけである。

なんでも、玄仙は出羽三山のひとつ羽黒山で修行した修験者だという。その祈禱は霊験あらたかで、いかなる悪病も退散させるとのことだった。ただ祈禱料と病魔を追い払うという御符がべらぼうに高く、よほどの金持ちでなければ頼めないそうだ。宗三郎も、高額の祈禱料を払って玄仙を頼んだにちがいない。丸宗は、深川、本所界隈では名の知れた棟梁で、大勢の大工を使っていた。内証《ないしょ》も悪くないのであろう。

「と、徳助につづいて、今度は倅の峰吉が……」

宗三郎は突き上げてきた嗚咽《おえつ》を耐えているらしく、体が顫えていた。

「うむ……」

源九郎は慰めようもなく、膝先に視線を落してしまった。

そこへ、伝兵衛とお徳が入ってきて、座している三人の膝先に湯飲みを置いた。伝兵衛たちふたりも、暗い顔をしていた。重苦しい悲痛につつまれた座敷の雰囲気がつたわったらしい。

六

源九郎は伝兵衛とお徳が座敷から下がると、

「それで、わしに何をせよと言うのかな」

と、声をあらためて訊いた。まさか、宗三郎は泣き言を言いに、わざわざ長屋に足を運んできたのではあるまい。

「華町さま、このままでは、峰吉は成仏できません。……せめて、峰吉を成仏させてやりたいのです」

宗三郎が、絞り出すような声で言った。

「宗三郎さんの気持ちは、分かります」

源九郎は、そう言うしかなかった。

「峰吉を殺した下手人を、つかまえてください」

ふいに、宗三郎は畳に両手を付き、哀願するように言った。赤くなった目が、源九郎を見すえている。

「それは、町方の仕事だ」

いまごろ、町方は下手人を探っているはずである。源九郎たちが、出る幕はないだろう。

「町方は、あてにできません」

宗三郎によると、峰吉が殺された後、近所の岡っ引きが一度話を訊きに来ただけだという。そのとき、岡っ引きは、大工仲間の恨みでも買ったのだろうと言って、丸宗に出入りしている大工のことを訊いただけだそうである。

「とんだ見当ちがいですよ。親のわたしが言うのもなんですが、峰吉は仲間に恨みを買うような子じゃァありません」

宗三郎が強い口調で言った。

「……」

源九郎は黙っていた。源九郎は、峰吉が丸宗の棟梁の倅の大工ということだけで、どんな男なのか知らなかったのだ。

「峰吉が、大工仲間と喧嘩したなどという話は聞いたこともないんです」

宗三郎が言いつのった。

「下手人に、何か心当たりはないのか」

源九郎がそう訊くと、宗三郎は、

「ありませんよ」

と言った後、いっとき虚空に目をとめていたが、

「そう言えば、倅が殺される前の日に、妙なことを口にしてました」

と、何か思い出したように言い添えた。

「妙なこととは?」

「その日も、峰吉は帰りが遅くなったんですが、一ツ目橋を渡って御舟蔵の脇まで来たとき、路地の角に白い物が立っていたと言うんです」

水戸家の石置き場の先が、幕府の艦船を保管する倉庫になっていた。大川沿いに十四棟つづいている。

その倉庫と道を隔てた向かい側に町家がつづいているので、峰吉が口にした路地はそこであろう。

「白い物だと」

思わず、源九郎は聞き返した。

「はい、暗闇にぼんやり白い物が立っていたらしいんです。それが、スーと遠ざかり、いっときすると、闇に溶けたように消えてしまったとか」

「まさか、幽霊だと言うのではあるまいな」

厳寒の日がつづく真冬に、幽霊話などたくさんである。

「そのとき、峰吉はギョッとしたようですが、遠ざかる足音が聞こえたこともあって、だれかが白っぽい衣装を身にまとって角に立っていただけだと思い直したそうです。……話は、それだけでして」

宗三郎が、戸惑うような顔をして言った。

「まァ、見間違いだろうな」

源九郎はそう言ったが、妙に気になった。なぜだかわからないが、その白い衣装を身につけた者は、峰吉の様子をうかがっていたのではないかと思ったのである。

「ところで、峰吉は殺された日、石原町の良沢どのの許へ立ち寄ったそうだな」

源九郎は、栄造が話したことを思い出したのだ。

「はい」

「何の用で立ち寄ったのかな」

子供の病の薬を得るために立ち寄ったのではないはずだ。峰吉の倅の徳助は、半月ほど前に死んでいるのだ。

「峰吉は元福丸がまったく効かなかったので、あの薬に効力はないのではないかと思ったらしいのです。それで、以前診てもらったことのある良沢さまに、話を聞きに行ったようなのです」

「そうか」

源九郎が、いっとき虚空に目をとめて黙考していると、

「華町さま、何としても下手人をつかまえて、倅の恨みを晴らしてやりたいのです」

宗三郎が絞り出すような声で言い、源九郎に深々と頭を下げた。

すると、脇でふたりのやり取りを聞いていた東五郎も、

「華町さま、わたしからもお願いしますよ」

と、言い添えた。

「うむ……」

源九郎は返答に窮した。下手人をつかまえてくれと言われても雲をつかむような話である。それに、菅井も風邪で臥せっている。簡単に引き受けるわけにはいかなかった。

「これは、手付け金です」

そう言って、宗三郎がいきなり懐から袱紗《ふくさ》包みをつかみ出した。

源九郎の膝先に押し出された袱紗包みには、そのふくらみ具合からみて、切り餅がふたつ、五十両はありそうだった。

おそらく、宗三郎は東五郎から源九郎たちに頼むには相応の金がいるとの話を聞いて用意したのであろう。

そのとき、源九郎の脳裏に、倅の俊之介たちのことがよぎった。この金があれば、嫁の実家に金を借りに行かずに済んだであろう。いまからでも、俊之介や孫たちに祖父らしいことがしてやれるかもしれない、そう思うと、断わるのが惜し

くなった。源九郎も金には弱いのである。

「何とか、やってみましょう」

源九郎は袱紗包みに手を伸ばした。

「ありがたい。これで、峰吉の無念が晴らせます」

宗三郎が源九郎に手を合わせて言った。

七

その日の夕方、亀楽《きらく》に四人の男が集まっていた。亀楽は本所松坂町《まつざかちょう》の回向院《えこういん》の近くにある縄暖簾《なわのれん》を出した飲み屋である。

あるじの名は元造《もとぞう》。お峰《みね》という通いの婆さんとふたりだけでやっている小体《こてい》な店である。肴《さかな》もたいした物は置いてないが、酒が安価で、好きなだけ飲ませる。はぐれ長屋から近いこともあって、源九郎たちが贔屓《ひいき》にしている店だった。

その亀楽に顔をそろえたのが、源九郎、孫六、茂次、それに三太郎《さんたろう》という砂絵描きだった。三太郎も源九郎たちの仲間のひとりである。

砂絵描きというのは、染粉で染めた砂を色別の袋に入れて持ち歩き、人出の多い広小路や寺社の門前で、地面に色砂を垂らして絵を描いて見せる大道芸である。

この日、菅井は亀楽に姿を見せていなかった。まだ、風邪が治っていなかったのである。

源九郎は孫六たち三人が酒を酌み交わして喉を潤したのを見てから、

「石置き場で、峰吉が殺されたのは知っているな」

と、話を切り出した。

「長屋の者で、知らねえやつはいませんぜ」

すぐに、茂次が言った。

「昨日、大家のところに峰吉の父親の宗三郎が来たのだ」

「そのことも、聞いてまさァ」

今度は孫六が言った。

「その場で、宗三郎に頼まれたのだ。峰吉を成仏させるためにも、下手人をお縄にして欲しいとな」

源九郎は大家の家で、宗三郎や東五郎とやり取りしたことをかいつまんで話した。

「あっしらが、下手人をお縄にするんですかい」

孫六が目を剝いて訊いた。手にした猪口《ちょく》が、口先でとまったままである。茂次と三太郎も驚いたような顔をしている。

「むろん、ただではないぞ」

源九郎は懐から、袱紗包みを取り出した。宗三郎からもらった五十両が包んである。

「ここに、五十両ある」

源九郎は、菅井もくわえ、五人で均等にわけるつもりだった。これまでも、そうしてきたのである。

「ご、五十両！」

孫六が声をつまらせて言った。源九郎たち五人にとって、五十両は大金である。五人で分けても、ひとり十両である。

「しかも、手付金だそうだ。下手人をつかまえれば、残金としてさらに五十両くれるそうだよ」

源九郎は店内を見まわし、他に客がいないのを確認してから袱紗包みをひらいた。切り餅がふたつ包んであった。切り餅ひとつが二十五両である。

孫六が、ごくりと唾を飲み、

「や、やるぜ！」

と、声を強くして言った。するとと、茂次と三太郎も、やる、やる、と言って、身を乗り出してきた。

「これで決まった。菅井もいれて、ひとり頭、十両だ」

源九郎は切り餅を破った。切り餅には、二十五両分の一分銀が包んである。源九郎は手早く一分銀を五等分した。

孫六たちが、十両分の一分銀を巾着《きんちゃく》にしまうのを見てから、源九郎は菅井の分も袱紗に包み懐にしまった。亀楽からの帰りに渡してやろうと思ったのだ。菅井も、見世物に出られないので、金に困っているはずである。

それから、源九郎たちは事件の探索についいて飲みながら打ち合わせた。とりあえず、峰吉の身辺を探ることから始めることにした。

亀楽を出ると、星空がひろがっていた。風が冷たい。酒で火照《ほて》った肌を刺すようである。家々は夜の帳《とばり》につつまれ、凍り付いたように黒く沈んでいる。

源九郎たちは、手ぬぐいで頬っかむりし、背を丸めて小走りにはぐれ長屋に向かった。

「さ、寒いな」

孫六が声を震わせて言った。

「早く、帰ろう。風邪を引いちまう」

茂次が飛び跳ねるような足取りで言った。

せっかくの酔いが、寒さのなかですっかり冷めてしまったようだ。

源九郎は菅井の家に立ち寄った。腰高障子に、ぼんやりと行灯《あんどん》の灯《ひ》が映じている。菅井はまだ起きているようだ。

腰高障子をあけて土間へ入ると、座敷に敷かれた夜具が、もそりと動き、行灯の明かりに菅井の般若のような顔が浮かび上がった。すこし、顔が赤みを帯びている。行灯の灯を映したためだけではないようだ。熱があるらしい。目も、潤んだようなひかりを宿していた。

菅井は身を起こした途端に乾いた咳をした。なかなか収まらない。痩せた肩先が、薄闇のなかで跳ねるように上下している。

「寝てろ。起きんでもいい」

源九郎は急いで上がり框から座敷に上がり、菅井の枕元に膝を折った。

「……す、すまんな。なかなか熱が下がらん。おまえの将棋のように執念深い」

菅井が薄笑いを浮かべて冗談を言った。薄闇のなかで、笑った顔は不気味だった。薄い唇が赤みを帯び、垂れた前髪が額をおおっている。

「軽口が言えるようなら、心配ないな」

そう言って、源九郎は懐の袱紗包みを取り出した。丸めたなかに、十両分の一分銀が入っている。

「なんだ、これは」

菅井が訊いた。

源九郎は、まだ菅井に宗三郎からの依頼の話はしてなかったのだ。

「十両ある」

源九郎はこれまでの経緯を話し、いつものように、菅井にも手を貸してもらいたい、と言い添えた。

「おれは、このざまだ。何もできんぞ」

菅井が当惑したように顔をしかめた。

「当然、動くのは風邪が治ってからだ」

そう言って、源九郎は袱紗包みを枕元に押し出した。

「す、すまん」

菅井が、めずらしくしんみりした口調で言った。菅井のような男も、病《やまい》のせいで感情的になったらしい。

八

「富《とみ》、行ってくるぜ」

孫六が、おみよに抱かれている富助《とみすけ》を覗き込みながら声をかけた。

富助は孫六の初孫だった。ねんねこ半纏に包まれて眠っている。歳はまだ二つ(数え年)、熟柿《じゅくし》のように顔を赤くし、気持ちよさそうに寝息をたてていた。ちいさな鼻から出る息が、白くはずんでいる。

「おとっつァん、どうしても行くのかい」

おみよが、心配そうな顔をして訊いた。

「何も心配することなんぞねえ。栄造から、話を聞いてくるだけだ」

孫六は浅草諏訪町に住む栄造の許に行くつもりだった。峰吉が殺された現場に、栄造が来ていたことを源九郎から聞いたので、話を聞いてみようと思ったのである。

孫六は栄造と親しくしていた。同じ岡っ引きだったこともあるが、これまで孫六がかかわったいくつかの事件で、栄造とともに探索に当たったことがあったのである。

「あたしが心配しているのは、風邪だよ。今日も、寒い風が吹いてるじゃァないの」

おみよが、戸口の腰高障子に目をやって言った。

腰高障子が、風でコトコトと音をたてている。

「なに言ってやがる。雨風《あめかぜ》で家を出られねえようなやわな体じゃァねえよ。おれのことより、亭主のことを心配してやれ。又八《またはち》は朝から仕事に出てるじゃァねえか」

おみよの亭主の又八は、ぼてふりだった。今朝も早朝から家を出て、魚を売り歩いているはずである。

「だって、おとっつァんは歳なんだから」

おみよが心配そうな顔をした。

「歳、歳って言うな。こう見えても、番場町の親分と言われた男だぞ」

そう言い置いて、孫六は外に出た。

ブルッ、と身震いした。風が身を切るように冷たかった。威勢よく家を出たのはいいが、やはり寒い。

孫六は手ぬぐいで頬っかむりし、背を丸めて歩きだした。

……チッ、むかしはこんなじゃァなかったがな。

孫六は歩きながら、つぶやいた。

岡っ引きの現役だったころは、厳冬の冬も猛暑の夏も探索に出かけるのに弱音を吐いたことなどなかった。ところが、ちかごろは歳を取って体力が衰えたせいか、寒さや暑さが身に染みるのである。

孫六は竪川沿いを足早に歩いた。両国橋を渡って賑やかな両国広小路に出ると、それほど寒さは感じなくなった。体を動かしたせいらしい。

両国広小路の雑踏のなかを大勢の老若男女が行き交っていた。寒さから逃れるように背を丸め、首をすくめるようにして歩いている者が多かった。風邪をひいている者もいるらしく、咳やくしゃみの音もあちこちから聞こえてきた。

孫六は両国広小路を抜けると、浅草橋を渡って千住街道へ出た。浅草御蔵の前を過ぎれば、諏訪町はすぐである。

栄造は諏訪町で、勝栄《かつえい》というそば屋をやっていた。栄造の名と女房のお勝《かつ》の名から取った屋号である。

孫六は諏訪町に入って、右手の路地へまがった。路地の一町ほど先に勝栄がある。

勝栄の暖簾をくぐると、土間の先の板敷きの間に数人の客がいた。そばをたぐったり、酒を飲んだりしている。

「あら、親分さん」

客にそばを運んでいたお勝が、孫六に声をかけた。

子持縞《こもちじま》の袷に黒の片襷《かただすき》をかけていた。色白で、ふっくらした頬をしている。お勝は大年増《おおどしま》だが、子供がいないせいか、まだ娘のような色香を残している。

「親分はいるかい」

「いますよ。すぐ、呼んできますから」

お勝は、そう言い残し、急ぎ足で板場に入った。

待つまでもなく、栄造が板場から顔を出した。料理の支度でもしていたのか、濡れた手を前だれで拭きながら孫六のそばに来た。

「番場町の、寒いのによく来たな」

栄造が目を細めて言った。

「ちょいと、野暮用でな」

孫六は小声で言って、板敷きの間の隅に腰を下ろした。他の客に話を聞かれないように客たちと離れたのだ。

「熱いのを、一杯やるかい」

栄造は立ったまま訊いた。

「頼むか」

途端に、孫六は目尻を下げた。孫六は酒に目がなかったのである。

栄造は板場にもどり、お勝に酒を頼んでくると、

「それで、何の用だい」

と、小声で訊いた。顔から笑みが消えている。やり手の岡っ引きらしいひきしまった顔になっている。栄造は孫六の顔を見たときから、事件のことで訪ねてきたことは、分かっていたのだ。

「水戸さまの石置き場で、峰吉が殺された件でな」

孫六は声をひそめた。

「華町さまたちが、あの件で動き出したのかい」

栄造は、源九郎たちがはぐれ長屋の用心棒と呼ばれ、商家や旗本などに頼まれて事件を探索し、依頼主の家族を助けたり、ときには無念を晴らしてやったりし

ていることを知っていた。

栄造は、そのことで源九郎たちに反感は持っていなかった。源九郎たちは、栄造たち岡っ引きの邪魔をするようなことはしなかったのだ。それに、町方の顔を潰さないように、下手人の捕縛は八丁堀に任せたし、栄造にも孫六を通して情報を伝えてくれることが多かったのである。

「丸宗が、長屋の家主の三崎屋と懇意にしていてな。その筋で、頼まれたわけだ」

孫六はそれだけしか言わなかった。

「そういうことか」

栄造は納得したようにうなずいた。勘のいい栄造は、どういうつながりで源九郎たちに話がきたか分かったようである。

「それで、下手人の目星は？」

孫六が訊いた。

「目星どころか、下手人の影も見えねえ」

栄造が渋い顔をした。

「峰吉の身辺を洗ったんじゃァねえのかい」

「まァ、そうだ」

「それで、何か出てきたのかい」

「下手人につながるようなやつは、浮かんでこねえんだ」

栄造は、お手上げだよ、と言って、肩を落とした。

そこへ、お勝が盆に載せた肴と熱燗《あつかん》を持ってきた。肴は、小鉢の漬物と煮染《にしめ》である。

「ま、一杯、やってくれ」

栄造が銚子を取って、猪口に酒をついだ。

孫六はさっそく猪口をかたむけ、

「旨《うめ》え！　熱い酒が、腹にしみるぜ」

と言って、目を細めた。

いっとき酒をかたむけてから、孫六が、

「大工仲間で、揉めごとはなかったんだな」

と、念を押すように訊いた。

「ねえ。峰吉を悪く言う者はいねえんだ。それどころか、丸宗に出入りしている大工、左官、屋根葺きなどはみんな峰吉に同情していてな、何とか力になってやりてえと思ってたようなんだ」

「同情だと？」

「たったひとりの倅を、風邪で亡くしたばかりだったからさ」

「そうだったな」

峰吉が、倅を風邪で亡くしたことは孫六も聞いていた。

「おれも、峰吉を殺ったのは、仕事仲間じゃァねえとみてるんだ」

栄造が声を低くして言った。虚空を見つめた目には、やり手の岡っ引きらしいひかりが宿っている。

「女は？」

孫六が訊いた。

「女の話も出てこねえ」

「博奕《ばくち》や金の揉めごとは？」

「いっさい出てこねえ」

「八方塞がりってえことかい」

孫六は苦い顔をして猪口に手を伸ばした。

それから小半刻（三十分）ほどして、孫六は腰を上げた。栄造からは、下手人につながるような話は聞けなかった。町方も、何もつかんでいないということである。

「何かつかんだら、知らせてくれ」

孫六はそう言い残して、勝栄を出た。

陽は西の空にまわっていた。茜色《あかねいろ》の淡い夕陽が、諏訪町の家並をつつんでいる。孫六は手ぬぐいで頬っかむりし、寒風に身を竦《すく》めながら歩いた。

……こいつは、一筋縄じゃァいかねえぜ。

長年岡っ引きとして生きてきた孫六の勘だった。

追剝ぎ、辻斬り、仲間内の喧嘩、女がらみの殺し、そうした類の殺しとは、ちがうようだった。しかも、殺された峰吉の身辺から何も臭ってこないのだ。

……だが、やるしかねえ。

孫六は胸の内でつぶやいた。

寒風にあらがいながら、孫六は前方を睨《にら》むように見すえて歩いた。その双眸《そうぼう》には、番場町の親分と呼ばれていたころの鋭いひかりが宿っていた。

第二章　元福丸

一

めずらしく風のない晴天だった。ただ、大気は刺すように冷たかった。長屋のあちこちから子供の声や赤子の泣き声、亭主のがなり声、女房が子供を叱りつける声などが聞こえてきた。そうした声に混じって、くぐもったような咳の音も耳にとどいた。だいぶ、風邪ひきが増えたようである。

明け六ツ（午前六時）が、小半刻（三十分）ほど過ぎていようか。早出のぼてふりや出職の職人などは、長屋を出ているはずである。

源九郎は手ぬぐいを肩にかけ、手桶を持って井戸端に向かった。顔を洗うついでに、水を汲んでこようと思ったのである。

井戸端で、おまつとお島《しま》が立ち話をしていた。ふたりとも、水汲みに来てひっかかったらしく、足元に水の入った手桶が置いてあった。おまつは、お熊のとなりに住む辰次という日傭取りの女房である。お島は伸助《しんすけ》という手間賃稼ぎの女房だった。ふたりとも、噂話が好きである。

井戸端で女房連中が立ち話をしているとき、きまってお熊がいるのだが、今朝はその姿がなかった。まだ、風邪《かぜ》で臥《ふ》せっているのであろう。

「おや、旦那、水汲みかい」

おまつが、源九郎の顔を覗くように見て訊《き》いた。

「ああ、寒くても、水がないと暮らせんからな」

源九郎は、ふたりの女にはかまわず、釣瓶《つるべ》で水を汲むと、まず、顔を洗い、それから手桶に水を汲んだ。

そうしている間も、ふたりの女房は小声で話していた。長屋に流行《はや》っている風邪の話らしい。ふたりとも、子供がいるので心配なのだろう。

「お熊の風邪は、どうだ」

源九郎は水を汲み終わったところで、おまつに訊いた。お熊のとなりに住むおまつなら、知っていると思ったのである。

「まだ、よくないみたいだねえ。今年の風邪は質《たち》が悪くて、なかなか熱が引かないようだよ」

おまつが、眉宇《びう》を寄せて言った。

「そうか」

そう言えば、菅井も一向によくならないようだった。高熱は引いたようだが、日に日に体力が衰えていくように見えるのだ。

「お熊さんも、そうだけどね。おくらさんとこも大変だよ。亭主の乙吉《おときち》さんと竹《たけ》坊が、風邪をひいてね。重いらしいんだよ」

脇から、お島が口をはさんだ。

乙吉も、日傭取りだった。おくらと乙吉の間に、三つになる竹助という子供がいた。源九郎は顔を合わせると挨拶する程度でそれほど親しくはなかったが、子《こ》煩悩《ぼんのう》な夫婦だと聞いていた。

「それは、難儀だな」

日傭取りの乙吉の風邪が重いとなれば、働きには出られないだろう。手間賃稼ぎの日傭取りは、すぐに金に困るはずだった。

「乙吉さんとこだけじゃァないよ。おせんさんとこの女の子、なんてったかな。

そうそう、おきくちゃんだ。……おきくちゃんも、風邪が重いらしいよ。今年の風邪は、子供や年寄りが重いらしいから、心配だねえ」

おまつが、不安そうな顔をして言った。

「そうだねえ。早く、暖かくなってくれると、いいんだけど」

お島の顔にも、不安と怯《おび》えたような表情が浮いていた。

おまつやお島は、流行《はやり》風邪という病魔にいつ自分の家族が襲われるか不安なのであろう。

「寒いところでの立ち話も、風邪によくないぞ」

そう言い残し、源九郎はその場を離れた。

源九郎は汲んできた水を鉄瓶に入れ、火を熾《おこ》した火鉢にのせた。湯を沸かし、熱い湯漬けでも作って食おうと思ったのである。

源九郎が火鉢を前にして、湯が沸くのを待っていると、戸口に近付いてくる下駄の音が聞こえた。躓《つまず》きながら歩いてくるような不規則な足音である。

足音は源九郎の家の腰高障子の前でとまった。入るのを戸惑っているのか、すぐに障子があかなかった。障子に映った影が、不安そうに揺れている。

「どなたかな」

源九郎が声をかけた。

「……お、おくらです」

震えを帯びたか細い声が聞こえた。

咄嗟《とっさ》に、源九郎はだれなのか分からなかったが、井戸端でお島が話していたことが脳裏をよぎり、乙吉の女房のおくらだと気付いた。

「おくらさんか、入ってくれ」

源九郎が声をかけると、そろそろと腰高障子があいておくらが入ってきた。

ひどい顔だった。髷《まげ》が乱れて、鬢《びん》や前髪が垂れていた。瘦《や》せて、頰骨が突き出ている。おくらはおどおどしたような顔で土間に立ち、視線を不安そうに動かした。

「何か、用かな」

源九郎がおだやかな声で訊くと、

「は、華町の旦那……」

と、おくらが喉のつまったような声で言い、上がり框《がまち》に手を置いて、土間にひざまずいた。

「どうしたのだ？」

源九郎は腰を上げ、上がり框に近寄った。

「て、亭主と竹助が風邪をひいて……。重いんですよ。それに、昨日から何も食ってないんです」

「難儀だな」

「だ、旦那、助けてください。あたしは何も食わなくても我慢するけど、竹助だけでも、元福丸《げんぷくがん》を飲ませてやりたいんです」

おくらが、必死の形相で言いつのった。

「金だな」

源九郎は、おくらが何しに来たか分かった。源九郎に金を借りに来たのである。おそらく、長屋の連中から源九郎に金が入ったらしいとの噂を耳にしたのだろう。

おくらは、上がり框の床板に額を擦《こす》り付けるようにして、

「働いて返しますから、貸してください。お願いします、お願いします」

と、絞り出すような声で訴えた。

「分かった。分かったから、顔を上げてくれ」

源九郎は、こうした女に弱かった。かわいそうで、拒否できなくなってしまうのだ。それに、懐《ふところ》には宗三郎からもらった金が、ほとんど残っていたのである。

「一両、都合しよう」

「ほんとですか」

おくらが顔を上げた。その顔に、喜びと驚きの入り交じったような表情があった。一両もの大金を、すんなり貸してくれるとは思っていなかったのだろう。

源九郎は財布から一分銀を四枚取り出して、おくらの顔の前に置いた。

「これでな、竹助に元福丸を飲ませてやるがいい」

「あ、ありがとうございます！」

おくらは一両をつかむと、拝むようにその手を額に当てて頭を下げた。

「ただ、薬だけで風邪は治らんぞ。暖かくして、旨《うま》い物を腹一杯食って体を休めることが、なによりの薬だ。……おまえも乙吉も、めしを抜いたりしたら駄目だぞ」

源九郎が諭すように言った。

源九郎は巷《ちまた》の噂どおり、元福丸が効くとは思っていなかった。事実、峰吉の子供の徳助は元福丸を飲ませたが一向に熱が下がらず、死んだというではないか。

「は、はい」

おくらは、金をつかんだまま何度も頭を下げ、きっと、返しますから、と言い残して、戸口から出ていった。

戸口の腰高障子がしまるのを目にすると、源九郎は、

……子供が助かるといいが。

と、つぶやいて、火鉢の前に座った。すでに、湯は沸いていた。鉄瓶の口から音を立てて白い湯気が吹き出している。

二

「なかなかよくならんな」

源九郎は、菅井の食欲がもどらないのが気になっていた。いくぶん熱は下がったようなのだが、あまり食べたがらないのだ。日に二度、湯漬けを丼に半分ほど食べるだけである。げっそり痩せ、そうでなくとも、般若《はんにゃ》のような顔が頭蓋骨に皮をかぶせたようになり、目ばかりギョロギョロさせていた。

すでに、菅井が風邪で寝込んで七日目だった。当初は、三日も寝ていれば、快復するとみていたのだが、一向に完治しないのである。

ただ、ここ一日ばかり、起きて湯を沸かしたり、自分で茶を淹《い》れて飲んだりしているようだった。

「なに、明日にも、丸宗に行ってみようと思っているのだ」

菅井はそう言ったが、声に力がなく、なんとなくだるそうで覇気がない。

「ぶり返したんじゃァないですかね」

茂次が口をはさんだ。源九郎といっしょに、茂次も菅井の様子を見に来ていたのだ。

「そうかもしれんな」

治りかけた風邪が、無理をしたためよけいひどくなったという話は、源九郎も聞いていた。

「どうです、元福丸でも呑んでみたら。なんなら、あっしが吉野屋までひとっ走りして、買ってきてもいいですぜ」

茂次が言った。

「いらん。たかが風邪で、一朱もする薬が飲めるか」

菅井が素っ気なく言った。

「元福丸はともかく、東庵《とうあん》先生に診てもらうか」

東庵は相生町に住む町医者である。金持ちだけでなく、はぐれ長屋のような貧乏人の家にも来て診てくれた。源九郎たちも、何度か東庵に診てもらったことがある。

「菅井の旦那、それがいいですぜ」

茂次が声を強くして言った。

「それほど言うなら、診てもらうか」

菅井も渋々承知した。強がりを言っても、なかなか快復しないので、菅井自身気になっているにちがいない。

「あっしが、呼んできやすぜ」

すぐに、茂次は戸口から出ていった。

半刻（一時間）ほどすると、茂次が東庵を連れてもどってきた。東庵は黒鴨《くろがも》（黒鴨仕立ての下男）を連れず、薬箱を茂次に持たせて座敷に上がってきた。

「風邪だそうだな」

東庵は、菅井のそばに座ると、これまでの経緯を訊いた後、咳はどうだ、と訊いた。

「ここ二、三日、収まってきたようだ」

菅井が照れたような顔をして言った。まさか、風邪で医者に診てもらうなど思ってもいなかったのだろう。

「熱はどうだな」

東庵は、菅井の額に手を置き、

「微熱だな。……いま流行の風邪だ」

と言って、薬箱を引き寄せた。風邪薬を調合するようだ。

「だいぶ、よくなっているが……。今年の風邪はあまくみると、命取りだぞ」

東庵は薬箱から煎じた薬を匙《さじ》で取り出し、紙片で包みながら言った。

「この薬を飲んで、四、五日、寝てることだな。そうすれば、治るはずだ」

脇に神妙な顔をして座していた茂次が、

「東庵先生、元福丸を飲まなくても治りやすかね」

と、訊いた。悪気があったわけではない。茂次は噂の元福丸の効き目を確認したかっただけだろう。

ところが、東庵は急に不機嫌そうな顔をして、

「あんな物が効くか」

と、吐き捨てるように言った。いつもおだやかな東庵にしては、めずらしく腹

を立てたようだ。

「ただ、あっしは訊いてみただけで……」

茂次が困惑したような顔をして言った。

「元福丸には、風邪に効く薬種が入っているかどうかさえ、分からんからな。おそらく、袋の効能書きと病魔退散の御符に誑《たぶら》かされているのだろうよ」

東庵が苦々しい顔で言った。

源九郎は元福丸の入っている紙袋を見たことはないが、一日一服、三日飲めば、どのような風邪もたちどころに本復すると書いてあるそうだ。その効能書きといっしょに、御符を真似て、羽黒山霊験、病魔退散と記された紙片が薬袋に入っているとか。

「それにな、吉野屋はむかしからまがい物を平気で売ってきた店だ。高い金を出し、何を飲まされているか分からんぞ」

東庵がさらに言った。よほど、腹に据えかねているらしい。

「わしの薬も一朱だ。ただし、五日分でな」

東庵はそう言って、十包の薬を菅井の枕元に置いた。一日二包、五日分らしい。

「三日経って、よくならんなら、またわしを呼びにこい」

と言い置いて、東庵は腰を上げた。

茂次が薬箱を持って東庵を送り、ふたりの姿が戸口から出ていくと、

「口は悪いがいい先生だ」

菅井が苦笑いを浮かべながら言った。

三

ちらちらと雪が降っていた。積もりそうな雪ではなかったが、空は蓋でもされたように厚い雲におおわれている。

茂次は大川端を歩いていた。海辺大工町にある丸宗に出入りしている大工か奉公人をつかまえて、峰吉のことを訊いてみようと思ったのである。

大川の川面は荒涼としていた。鉛色の川面に無数の起伏が刻まれ、遠く江戸湊《みなと》まで滔々《とうとう》とつづいている。荒天のせいか、大型の船はほとんど見られなかった。数艘の猪牙舟《ちょきぶね》が波に揉《も》まれながら行き交っている。

茂次は小名木川にかかる万年橋を渡るとすぐ、左手にまがった。その先の小名木川沿いに長くつづくのが、海辺大工町である。

前方に高橋が見えてきた。

……この辺りのはずだ。

丸宗は高橋の一町ほど手前だと、茂次は聞いてきたのだ。

すこし歩くと、小名木川沿いに大工の棟梁の家らしい家屋が見えてきた。二階建ての大きな家である。家の前に材木が積まれ、黒の半纏《はんてん》姿の男がふたり、鉋《かんな》を使っていた。男の半纏の背には、丸に宗の字が染め抜かれている。家の脇には材木をしまっておく倉庫があり、そこにも鑿《のみ》や鉋を使う男の姿が見られた。

茂次は丸宗の前を通り過ぎ、半町ほど行ってから川沿いの笹藪《ささやぶ》の陰に身を隠した。丸宗の家を訪ね、直接家族や仕事をしている大工に話を訊くわけにはいかなかった。そこに、身を隠して、話を聞けそうな者が出てくるのを待とうと思ったのである。

半刻（一時間）ほどすると、辺りがだいぶ薄暗くなってきた。陽の位置は分からないが、七ツ半（午後五時）ちかいのではあるまいか。

そのとき、店先から半纏に股引姿の男がふたり出てきた。道具箱をかついでいる。仕事を終えた大工のようだ。ふたりは何やら話しながら、茂次のいる方へ近付いてきた。若い男である。

茂次は笹藪から通りに出た。ふたりに訊いてみようと思ったのである。

「ちょいと、ごめんよ」

茂次は脇から声をかけた。

「何か用かい」

色の浅黒い丸顔の男が訝《いぶか》しそうな顔をした。

「あっしは、茂次といいやす。研屋《とぎや》でしてね」

茂次はごまかさずに言った。峰吉を殺した下手人の探索は、丸宗の棟梁に依頼されてのことだった。奉公している大工に正体が知れても、かまわないと思ったのである。

「水戸さまの石置き場で亡くなった峰吉さんに頼まれて、鋸《のこぎり》の目立てをさせてもらったことがありやす」

岡っ引きでもないので、事件の探索のために聞き込みに来たとまでは言えなかったのだ。

ふたりの若い大工は足をとめた。その顔に憂いの翳《かげ》が浮いた。殺された峰吉のことが頭をよぎったのであろう。

「噂に聞きやしたが、峰吉さんはだれかに殺されたそうで」

茂次が声をひそめて言った。

「そうなんだ」

丸顔の男が肩を落として言った。もうひとりの小柄な男も、足元に視線を落としている。

「あっしは、腑に落ちねえんでさァ」

茂次が歩きだしながら言った。

ふたりの男も、茂次といっしょに歩きだし、

「何が、腑に落ちないだ」

と、丸顔の男が訊いた。

「峰吉さんのような男《ひと》を、いったいだれが殺《や》ったのか。どうしても、分からねえ」

茂次が首をひねりながら言った。

「そうよ、おれたちもまったく見当がつかねえんだ」

ふたりの大工も、峰吉が殺されたことに強い関心を持っているようだ。当然であろう。棟梁の倅が殺されたのである。

「知り合いの親分に聞いたんだが、辻斬りでも追剝《おいは》ぎでもねえそうですぜ」

「それで、下手人の目星はついてねえのかい」

小柄な男が、声を大きくして訊いた。

丸顔の男も、真剣な顔をして茂次に目を向けている。茂次の狙いどおり、ふたりは話に乗ってきたようである。

「目星どころか、どうして峰吉さんが殺られたのかも分からねえそうでさァ」

「やっぱりな」

小柄な男が、うなずいた。顔に落胆の色がある。

「親分が言うには、下手人は峰吉さんのまわりにいるんじゃァねえかと」

そう言って、茂次はふたりの男に目を向けた。

「まわりにな……」

小柄な男の顔がこわばった。

「丸宗には、いねえぜ。これだけははっきりしてる。丸宗に出入りしてる者に、若旦那を恨んでいる者はひとりもいねえ」

丸顔の男がむきになって言った。

「丸宗に出入りしている者じゃァねえかもしれねえ。だがよ、峰吉さんとかかわりある者は他にもいるんじゃァねえのかい」

茂次は、峰吉の身辺に下手人はいるはずだとみていたのである。

「それはいるだろうよ。……でもよ、若旦那は恨みを買うようなひとじゃァねえぜ」

丸顔の男が言った。

「逆はどうだい」

「逆って、どういうことでえ」

「峰吉さんの方で、恨んでいた男はいねえのかい」

峰吉の方で強く恨み、身の危険を感じた相手が逆に峰吉を始末したと考えられないこともなかった。

「そういえば、若旦那、吉野屋を恨んでたな」

丸顔の男が小声で言った。

「吉野屋というと、生薬屋《きぐすりや》か」

茂次は、源九郎から、峰吉が徳助というひとり息子を風邪で亡くしたと聞いていた。そのさい、高い金を出して吉野屋の元福丸を飲ませたが、まったく効かなかったそうである。

「そうだよ。吉野屋だけじゃァねえ。祈禱師《きとうし》の玄仙も恨んでたようだ」

小柄な男が言い添えた。

「玄仙も恨んでたのかい」

茂次は、玄仙の話も聞いていた。元福丸を飲んでも徳助の風邪は一向によくならないので、玄仙に祈禱してもらったという。それでも、徳助は風邪で命を失ってしまったのだ。

「若旦那とおしげさんは、徳坊を目の中に入れても痛くないほど可愛がってたからな。よほど、辛かったんだろうよ」

小柄な男が、しんみりした口調で言った。

おしげは、峰吉の女房だという。ふたりの話によると、おしげは徳助と峰吉を失った後、気が触れたようになって丸宗にはいられなくなり、実家に帰っているそうだ。無理もない。おしげは一人息子の徳助を失ってすぐ、今度は夫の峰吉を殺されたのである。

「玄仙は、丸宗を訪ねてきたのかい」

茂次が声をあらためて訊いた。

「そうじゃァねえ。吉野屋が世話したらしいや」

小柄な男が話したことによると、峰吉は元福丸が効かないので、吉野屋に文句を言いに行き、そこで玄仙を紹介されたという。ところが、玄仙に祈禱してもらって、三日もたたずに徳助は亡くなったそうだ。

「若旦那が、吉野屋や玄仙を恨むのも無理ねえや」

小柄な男が言うと、もうひとりもうなずいた。

「そんなことがあったのかい」

茂次も、峰吉が吉野屋や玄仙を恨む気持ちは分かった。ただ、峰吉の恨みが、吉野屋や玄仙を殺そうと思うほど強かったとは思えなかった。まして、そのことを理由に、吉野屋や玄仙が峰吉を殺そうとはしないだろう。

それから、茂次はふたりに峰吉が建てた家や親しくしている遊び仲間などを訊いたが、殺しにつながるような者は出てこなかった。

「このままじゃァ、峰吉さんも徳助も成仏できねえなァ」

茂次はそう言い残し、ふたりと別れた。

四

「吉野屋が、気になるな」

源九郎がつぶやくような声で言った。

茂次から話を聞き、源九郎は吉野屋が事件に何かかかわっているのではないかと思ったのだ。ただ、強い疑念があったわけではない。峰吉や丸宗の周辺から、揉《も》め事といえるようなことは、吉野屋とのかかわりしか出てこなかっただけである。

「吉野屋のあるじは康兵衛《こうべえ》といいやすが、あまり評判はよくねえ。吉野屋を始める前は、やくざ者だったという者もいやしたぜ」

茂次が、他の生薬屋で聞き込んだことを言い添えた。

「もうすこし吉野屋を探ってみるか。何か出てくるかもしれん」

「承知しやした。三太郎にも話して、探ってみやすぜ」

そう言って、茂次が立ち上がろうとすると、

「茂次、わしもいっしょに行こう」

と言って、源九郎も立ち上がった。

ふたりは源九郎の家で話していたのだが、まだ、八ツ（午後二時）ごろだった。これから、日本橋の十軒店町へ出かけて聞き込みをする時間はあるだろう。それに、源九郎はまだ何もしてなかったのだ。源九郎が宗三郎の依頼を受けてきた手前、何もしないで長屋でごろごろしているのは、気が引けるのである。

「それじゃァ三太郎も連れていきやすか。やつも、長屋にいたようですぜ」

茂次が言った。

「そうしよう」

「あっしが、三太郎を連れてきやすよ」

すぐに、茂次は戸口から出ていった。

いっときすると、茂次が三太郎を連れてもどってきた。家で、昼寝でもしていたのであろうか。寝惚《ねぼ》け眼《まなこ》である。

三太郎は肌が青白く、面長で顎が張っていた。青瓢箪《あおびようたん》のような顔をしている。その顔を掌でこすりながら、戸口に立っていた。

「三太郎、十軒店町までいっしょに行ってくれるか」

源九郎が訊いた。

「へえ、あっしも、何かしねえと、旦那たちに申し訳ねえと思ってたとこでさァ」

「では、行こう」

源九郎は、念のため大小を帯びて戸口から出た。

源九郎たち三人は両国橋を渡り、広小路を抜けて大伝馬町《おおでんまちよう》の表通りを日本橋に向かった。大伝馬町を抜けた先が十軒店町である。十軒店町は生薬屋や薬種問屋の多い町で、表通りには薬種や薬名の看板を出した店が目立っていた。なかには、砂糖の看板を出している店もあった。砂糖も、生薬屋で売っているのである。

十軒店町の表通りをしばらく歩いたところで、茂次が足をとめ、

「あの店が、吉野屋ですぜ」

そう言って、五軒ほど先の店を指差した。

なるほど、二階の軒先に「薬種吉野屋」と記した看板が出ていた。大きな店ではなかった。二階建ての店舗だが、他の薬種問屋や生薬屋とくらべても見劣りする店である。ただ、店先には、客の列ができていた。元福丸を買い求める客らしい。

「あれでは、店の者に訊くわけにはいかんな」

源九郎は相手にされないのではないかと思った。

「近所で聞き込んでみやすか」

茂次が言った。

「そうだな。……三人で、雁首をそろえて訊きまわることもあるまい。どうだ、陽が沈むまでに斜向《はす》かいの繁田屋《しげたや》の前に集まることにして、ここで別々になった

ら」

吉野屋の斜向かいに繁田屋と記された看板が出ていた。薬種問屋の大店《おおだな》である。

「承知しやした」

そう言い残し、茂次と三太郎は足早に離れていった。

……さて、どうするか。

源九郎は路傍に立ったまま通りに目をやった。

往来は賑わっていた。子供連れの母親や町娘、中間《ちゅうげん》連れの武士、職人ふうの男、様々な身分の男女が行き交っていたが、薬を買いに来た者が多いようである。

源九郎は、まず同業者に訊いてみるつもりだった。それも、大店ではなく吉野屋と同程度の店がいいだろうと思った。

源九郎は、左右の店に目をやりながら通りを歩いた。吉野屋から二町ほど離れた通り沿いに、大きな店ではないが老舗《しにせ》らしい落ち着きのある生薬屋が目に入った。看板には、栄宝堂《えいほうどう》の名が記されていた。風邪薬の看板も出ていたが客の姿はなく、店先はひっそりとしていた。

……この店で訊いてみよう。

と、源九郎は思った。

暖簾《のれん》をくぐって店に入ると、正面にたくさんの薬袋が下がっているのが目についた。左手には、薬種箪笥《だんす》があり、その前で奉公人らしい男がふたり、薬研《やげん》を使っていた。店内に薬草の匂いがただよっている。

右手が帳場になっていて、五十がらみの男が帳場机を前にして算盤《そろばん》をはじいていた。あるじか番頭であろう。

男は源九郎の姿を目にとめると、すぐに腰を上げ、愛想笑いを浮かべて近寄ってきた。

「薬でございましょうか」

男は揉み手をしながら源九郎の前に膝を折り、番頭の浅蔵《あさぞう》でございます、と名乗った。

「風邪薬をな」

源九郎は風邪薬なら邪魔にはなるまいと思い、少量買うことにした。話を聞くためには、多少の金も使わねばならない。

「やはり、流行風邪でございますか」

浅蔵は眉宇を寄せて言った。

「万寿丸《まんじゅがん》はどうでしょうか。当店の自慢の風邪薬でしてね。四、五日飲めば、熱は下がり、咳もとまるはずですよ」

「そうだ」

浅蔵が、もっともらしい顔をして言った。

「この店に、元福丸は置いてないのか」

源九郎がそう言うと、途端に浅蔵の顔が曇り、

「お武家さま、世間の噂を鵜呑《うの》みになされてはいけません。元福丸など、効きはしませんから」

浅蔵は声をひそめ、訴えるように言った。

「元福丸は、よく効くと評判だぞ」

源九郎は、浅蔵にしゃべらせてみようと思った。

「風邪が流行ってきたのをみて、だれかが根も葉もない噂を流したのです。大きい声では言えませんが、お武家さまは、吉野屋のことをご存じですか」

浅蔵が源九郎に身を寄せて言った。

「何のことだ」

「あるじは康兵衛といいますが、十五年ほど前に吉野屋のあるじだった吉蔵《よしぞう》さんを騙《だま》して店をただ同然で取り上げたんですよ」

浅蔵の話によると、康兵衛は小網町《こあみちょう》でちいさな賭場をひらいていたという。そこへ、料理屋で知り合った吉蔵を言葉巧みに誘い、博奕《ばくち》で借金をさせて店を取り上げたのだそうである。

「博奕でな」

「はい、……かわいそうに、吉蔵さんは大川に身を投げたんですよ」

番頭が、しんみりした口調で言った。

「だがな、賭場の貸元が薬屋などできるのか」

源九郎が訊いた。

「当時、吉野屋で奉公してた者をそのまま雇ったんですよ。ところが何年か経ち、商売の様子が分かってくると、前からいた奉公人はやめさせ、むかし子分だった者などを店に置いて、まがい物を売るようになったんです」

浅蔵によると、康兵衛はそば粉やうどん粉などに漢方薬でもない野草を乾燥させて粉にし、薬だと言って平気で売ったという。

「これは、近所の噂ですがね。その辺りで死んでた野犬や鳥の死骸を拾ってきて骨を粉にしたり、臓腑を乾燥させて刻んだりして混ぜ合わせ、紙袋にもっともらしい薬名や効能書きを記して、高値で売ったこともあったそうですよ」

浅蔵が顔に憎悪の色を浮かべた。

「ひどい男のようだな」

浅蔵には、多少のやっかみもあるだろう。だが、吉野屋が、まともな薬屋でないことは分かった。となると、元福丸もあやしいとみていいだろう。源九郎は、東庵が腹を立てていたのも理解できた。

「お武家さま、万寿丸には風邪に効く五種類もの漢方薬が入っております。かならず効きますから、飲んでみてくださいまし」

浅蔵は、薬屋の番頭らしいおだやかな顔になって言った。

「ところで、万寿丸はいかほどだ」

源九郎は高かったらやめようと思った。吉野屋のことは、十分聞いたのである。

「朝晩、一包ずつ。五日飲んでみてください」

「それで、いかほどだ」

「十包で一分でございます。元福丸の半値以下でございますよ」

そう言って、浅蔵が腰を上げ、引き出しから紙袋を取り出した。万寿丸が入っているらしい。

「まァ、そんなものか」

たしかに、半値以下だった。元福丸は一包一朱である。十包ならば十朱。一分は四朱であるから、十包で二分二朱ということになる。

「五日分で、よろしゅうございますかね」

浅蔵が念を押すように訊いた。

「それで、いい」

ここまで話が進むと、断るわけにはいかなかった。

源九郎は、万寿丸の紙袋を懐に入れて栄宝堂を出た。

五

陽は西の空にまわっていたが、沈むまでに半刻（一時間）ほどはあるだろう。

源九郎はもうすこし吉野屋や康兵衛のことを訊いてみようと思った。ただ、同業の生薬屋に入って、訊くつもりはなかった。また、薬を買わされたのではたまらないと思ったのである。

源九郎は十軒店町にある酒屋や瀬戸物屋などに立ち寄って、それとなく訊いてみた。やはり、同業者とちがってたいしたことは知らなかった。多少、役に立ったことといえば、酒屋の親爺が、

「康兵衛さんが、大柄な修験者と歩いているのを見ましたよ」

と、何気なく言ったことだった。

玄仙であろう、と源九郎は直観的に思った。峰吉が、康兵衛から紹介された玄仙に祈禱を頼んだと話していたのを思い出したのだ。

陽が沈み、源九郎が繁田屋の前に来ると、すでに茂次と三太郎の姿があった。

「待たせたかな」

源九郎がふたりに歩を寄せた。

「あっしらも、いま来たとこでさァ」

茂次が言った。

「どうだ、どこかでそばでも食いながら話すか」

源九郎は歩き疲れていた。それに、腹もへってきた。

「そうしやしょう」

茂次が目を細めて言い、三太郎もうなずいた。ふたりとも、腹をへらしている

ようである。

源九郎たちは繁田屋の前を離れ、両国橋の方へ向かって歩きだした。帰りしな、そば屋を見つけて入ろうと思ったのである。

繁田屋から数町歩いたとき、源九郎は背後から歩いてくる遊び人ふうの男が気になって振り返った。

手ぬぐいで頬っかむりして、背を丸めて歩いてくる。中背で痩身だった。歩く姿に敏捷《びんしょう》そうな感じがあった。

源九郎は繁田屋の前を離れたとき、その男を見かけたのだ。いまも、そのときと同じ間隔を保ったまま歩いてくる。

……わしらを尾《つ》けているのか。

と、源九郎は思ったが、尾行されるような相手は思い浮かばなかった。

それからしばらく歩き、浜町堀にかかる緑橋の手前で、手頃なそば屋をみつけた。店先の暖簾をくぐろうとしたとき、源九郎は背後に目をやった。

……いない。

手ぬぐいで頬っかむりした男の姿はなかった。

気のせいだったか、と源九郎は思いなおして、暖簾をくぐった。

土間の先の追い込みの座敷に腰を落ち着けると、源九郎が小女に酒とそばを頼んだ。

酒がとどき、いっとき喉をうるおしてから、

「それで、何か知れたか」

と、源九郎が切り出した。

「吉野屋のあるじの康兵衛は、むかし賭場の貸元だったらしいですぜ」

そう前置きし、茂次が聞き込んできたことを話した。

源九郎が聞き込んだこととほとんど変わらなかったが、吉野屋の番頭のことは初耳だった。茂次によると、番頭は熊蔵《くまぞう》といい、康兵衛が貸元をしていたころから片腕だったという。

「熊蔵は、なかなかの悪党らしいですぜ」

熊蔵はいまでこそ番頭然としているが、賭場に出入りしていたころは、娘を騙《だま》して女郎屋に売り飛ばしたり、商家から金を脅し取ったり、金になることなら何でもしていたらしいという。

「いまは、猫をかぶっているわけか」

源九郎が猪口《ちょく》を口元にとめたまま言った。

「そのようで」

「三太郎は、どうだ」

源九郎は三太郎に目を向けた。

「あっしも、茂次さんと変わりありません」

三太郎は、照れたような顔をして話しだした。

三太郎の話は、ほとんど茂次と同じだったが、康兵衛とうろんな牢人が話しながら歩いているのを見た者がいる、と口にしたのが、源九郎は気になった。

「だれが見たのだ」

源九郎が訊いた。

「下駄屋の親爺でさァ」

十軒店町の吉野屋から二町ほど離れた表通りにある下駄屋だという。

「どんな牢人だと言っていた」

「総髪で、刀を一本だけ差していたそうで」

「うむ……」

それだけでは分からないが、徒牢人《いたずらろうにん》のようである。康兵衛の用心棒ということも考えられる。

源九郎たちは半刻(一時間)ほど酒を飲み、その後そばで腹拵《はらごしら》えをしてからそば屋を出た。

源九郎は気になって、通りの左右に目をやった。手ぬぐいで頰っかむりした男がいるかどうか確かめたのである。

……やはり、気のせいだったか。

それらしい男の姿はなかった。

頭上に星空がひろがっていた。細い鎌のような三日月が出ている。町筋は夜の帳《とばり》につつまれ、洩《も》れてくる灯《ひ》もなくひっそりと寝静まっていた。肌を刺すような寒風が、店仕舞いした町筋を物悲しい音をたてて吹きぬけていく。

「寒いな」

茂次が首をすくめた。

「おい、風邪をひくぞ」

源九郎は首筋に手ぬぐいを巻き、小走りになった。酔いは、吹っ飛んでいる。いっときも早く、長屋に帰って夜具にもぐり込むしかなかった。

六

腰高障子の向こうで、女の声が聞こえた。

……旦那、華町の旦那。

すこし風邪声だが、お熊らしい。

「お熊か」

「お熊だよ。入ってもいいかい」

「いいとも、入ってくれ」

源九郎は、箸と丼を膝先に置いた。すこし、遅いが昨夜の残りのめしを湯漬けにして食っていたのだ。

障子があいて、お熊がのそりと入ってきた。顔がやつれていた。体の肉が落ち、だいぶ瘦せたようだ。それでも、まだかなり太っている。

お熊は手に丼を持っていた。煮染《にしめ》らしかった。源九郎のために多めに作って持ってきてくれたらしい。

「いいのか、出歩いても」

源九郎は、お熊の風邪はだいぶよくなったと聞いていたが、まだ出歩いている姿は見ていなかったのだ。

「旦那の薬のお蔭で、だいぶよくなりましたよ。昨日から、起きてめしの支度もしてるんです」

「それはよかった」

源九郎は、吉野屋を探りに行った翌日、栄宝堂で買った万寿丸をお熊に飲むようにと言って渡したのだ。そのとき、お熊の風邪はだいぶよくなっていたので、万寿丸が効いたというより、自力で快復したのであろう。

「旦那、これ、食べておくれ」

お熊は手にした丼を上がり框に置いた。牛蒡《ごぼう》と里芋《さといも》と油揚げの煮染だという。

「ありがたい。お熊の作る煮染は、うまいからな」

世辞ではなかった。お熊の作る煮染は、よく味が染みていてうまいのだ。

源九郎は、さっそくいただくぞ、と言って、箸を伸ばした。煮染を菜にして、まだ残っている湯漬けを、食べてしまおうと思ったのである。

「旦那、およしさんとこの房吉《ふさきち》を知ってるだろう」

お熊が小声で言った。

「ああ、たしか六つだったな」

房吉は、権次《ごんじ》という手間賃稼ぎの大工の次男だった。権次とおよしの間には、十歳ほどの長男と五つの長女もいるはずである。

「房吉の風邪が、だいぶ重いようなんだよ」

お熊が心配そうな顔で言った。

「そうか」

源九郎には、どうしようもなかった。まさか、懐の金をはたいて風邪薬を買い、風邪ひきの住人に配るわけにもいかない。

「それに、おしげ婆さんが、あぶないんじゃァないかと噂してるんだよ」

お熊が、眉宇を寄せて言った。

「おしげがな」

おしげは、日傭取りをしている佐吉《さきち》の母親だった。歳は知らないが、腰がまがって杖をついてやっと歩いている老婆だった。

「竹助は、どうなんだ」

その後、おくらが元福丸を買って、竹助と亭主の乙吉に飲ませたという話は聞いていたが、風邪がよくなったかどうかは知らなかった。

「竹助はよくなったと聞いたけど、乙吉さんの方は、まだ寝込んでるらしいよ」

「今年の風邪は、なかなか治らんようだな」

「それで、菅井の旦那の具合は？」

お熊が訊いた。

「だいぶよくなったが、まだ寝たり起きたりだな」

熱は下がったようだが、まだ食欲がなく、出歩くほどには快復していなかった。

「まったく、ひどい風邪だねえ。……表通りの荒木屋《あらきや》の三つになる男児《おとこのこ》が、三日前に亡くなったそうだよ」

荒木屋は竪川沿いにある瀬戸物屋だった。

「亡くなる者も多いようだな」

源九郎も、荒木屋の子が風邪で亡くなったことは聞いていた。

ふたりで、そんな話をしているところに、孫六が飛び込んできた。急いできたと見え、息が荒かった。白い息が口のまわりで跳ねている。

「どうした、孫六」

源九郎が、手にした箸を置いて訊いた。

「だ、旦那、また大川端で、殺られてやすぜ」

孫六が目を剝《む》いて言った。

するとお熊が立ち上がり、

「だれが、殺されてるんだい」

と、嚙み付くような顔をして訊いた。

「医者のようだ」

「東庵先生ではあるまいな」

医者と聞いて、源九郎の脳裏に東庵のことがよぎったのである。

「東庵先生じゃァねえようですぜ」

孫六が、路地木戸の脇にある下駄屋の親爺が、石原町の先生らしい、と言っていたのを聞いたと言い添えた。

「良沢どのか」

源九郎は驚いた。良沢が殺されるなど、思ってもみなかったのだ。

「旦那、行きやしょう」

孫六が土間で足踏みしている。

「場所はどこだ」

源九郎が訊いた。大川端のどこか、分からなかったのだ。

「横網町《よこあみちょう》でさァ」

「行ってみるか」

横網町ならすぐだった。それに、湯漬けも食い終えていた。

七

大川端に人だかりができていた。通りすがりの者が多いようだが、船頭や近くの武家屋敷に奉公しているらしい中間の姿もあった。

大川の川面が冬の陽射しを反射て《はね》、まばゆいほどにかがやいていた。そのひかりのなかを、猪牙舟や艀《はしけ》などがゆっくりと行き来している。大気は冷たかったが、おだやかな晴天である。

「旦那、村上の旦那が来てやすぜ」

孫六が人だかりを指差して言った。

南町奉行所の村上彦四郎である。脇に栄造の姿もあった。事件を耳にして、駆け付けたらしい。

村上と栄造の姿を目にしたせいか、源九郎の脳裏に石置き場で殺されていた峰吉の死体がよぎった。

……同じ下手人かもしれぬ。

と、源九郎は思った。

源九郎は人垣の肩越しに、覗いてみた。死体は、村上の足元に横たわっているらしいが、伏臥《ふくが》している男が着ている黒羽織の背が見えるだけだった。

「すまぬが、あけてくれ」

源九郎は死体の傷だけでも見てみたいと思い、人垣を分けて前に出た。後ろから孫六も跟《つ》いてきた。

良沢が、土手際の枯れ草のなかに仰向けになって死んでいた。足元に風呂敷でつつんだ薬箱が転がっている。良沢は、目を白く見開いたまま死んでいた。四十がらみ、面長で顎がとがっている。

……刀か。

良沢は刀で斬られたようだ。肩口から袈裟《けさ》に斬り下げられ、着物が腋まで裂けていた。首根から胸にかけてどす黒い血に染まっている。

……遣い手だ！

と、源九郎は察知した。

下手人は一太刀で良沢を仕留めていた。正面から袈裟に、鎖骨と肋骨を截断《せつだん》するほど深く斬り下げている。なかなかの剛剣の主である。

どうやら、峰吉を撲殺した下手人とは別人のようだ。良沢を斬殺したのは、武士にちがいない。

村上は十手の先で良沢の襟をひろげ、傷の様子を見ていた。検屍である。脇から、栄造が覗き込んでいる。

そのとき、東庵先生だ、という声が聞こえ、人垣が左右に割れた。集まった野次馬たちの間から姿をあらわしたのは、町医者の東庵である。

東庵の顔は蒼ざめていた。体が顫《ふる》えている。東庵は源九郎の姿を目にすると、ちいさく頭を下げたが何も言わず、泳ぐような足取りで横たわっている良沢のそばに行って膝を折った。

「良沢どの……」

東庵はかすれたような声で言い、腕を伸ばして良沢の手を取った。そして、良沢の手の甲を自分の額に当てて祈るような格好をした。

東庵の良沢に接する態度が異様だった。どうやら、東庵と良沢は町医者同士という関係だけではないようだ。

いっとき、東庵はうずくまったまま凝《じっ》としていたが、良沢の手を元にもどして顔を上げた。

「村上さま、だれが良沢どのをこのような目に」

東庵は脇にいる村上に訊いた。どうやら、村上と面識があるようである。

「下手人は、まだ分からぬ」

村上が渋い顔をして言った。

「刀で斬られたようだが」

東庵が言った。

「そのようだな。……辻斬りかもしれんな」

村上がそう言うと、東庵は何か言いかけたが、口をとじ、ふたたび良沢に目をやって、

「いったい、だれがこんなことを……」

そう呟《つぶや》き、死体の顔や傷口に目を向けた。医者の目だった。死体の肌の色や血の固まり具合から、いつごろ殺されたのか見ているのかもしれない。

源九郎は、辻斬りではないような気がした。この辺りに、辻斬りが出るという話は聞いたことがなかったし、金目当てなら川向こうの柳橋近くに立ち、料亭帰りの裕福そうな商人を狙うだろうと思ったのである。

人垣の後ろに、手ぬぐいで頬っかむりした町人が立っていた。大柄な船頭の後ろに身を隠すようにして、村上や東庵を見ていた。ときおり、源九郎の背にも目を向けている。

手ぬぐいの間から細い目と薄い唇が見えた。目が獲物を狙う狼のようにひかっている。三十がらみと思われる剽悍《ひょうかん》そうな男だった。この男が、十間店町から源九郎たちの跡を尾けたのである。

男は、しばらく人垣の後ろから東庵や源九郎を見ていたが、ひとり去りふたり去りして人だかりがまばらになってくると、その場を離れた。急ぎ足で、大川端を両国橋の方へ歩いていく。

源九郎は十間店町から尾けた男が、その場にいて自分に目を向けていたことには気付かなかった。

「旦那、どうしやす」

孫六が訊いた。これ以上、見ていても仕方がないと思ったらしい。

「長屋へもどろう」

源九郎は東庵から話を訊いてみようと思ったのだが、東庵は死体のそばにかがんだままその場を離れようとはしなかった。

源九郎と孫六が歩き出すと、後ろから追ってくる足音が聞こえた。

「栄造ですぜ」

孫六が足をとめて言った。

栄造が慌てた様子で追ってくる。源九郎たちに気付いていたのであろう。

「華町の旦那」

栄造が源九郎に声をかけた。

「ごくろうだな」

「旦那は、死骸《おろく》をご存じですかい」

栄造が源九郎に跟いてきながら訊いた。どうやら、栄造は源九郎たちから殺された良沢のことを聞き込むつもりで、声をかけたらしい。

「良沢が町医者であることは知っているが、他のことは知らんぞ」

源九郎は、すでに栄造から、峰吉が殺される前、良沢の許に立ち寄ったことを聞いていた。ただ、栄造も、それ以上良沢を探ってみなかったようである。

「なんで、町医者が殺られたのか」

栄造は首をひねった。見当がつかないらしい。

「村上さんは、辻斬りと見ているのではないのか」

辻斬りなら、近所で聞き込んで目撃者を探した方が、早く下手人がつかめるだろう。

「それが、良沢は懐を探られた様子がねえんでさァ」

「うむ……」

やはり、辻斬りの仕業ではないようだ。追剝ぎや辻斬りでないとすると、怨恨か色恋のもつれか、いずれにしろ下手人は良沢の周辺にいるのではあるまいか。

「東庵と良沢は、昵懇《じっこん》なんですかい」

栄造は別のことを訊いた。栄造も東庵のことは知っていたのである。

「そのように見えたな」

源九郎は、良沢と東庵のかかわりは知らなかった。

「東庵に訊けば、何か分かるかもしれねえ」

そう言って、栄造は足をとめた。

八

東庵がはぐれ長屋に姿を見せ、源九郎の家に立ち寄ったのは、良沢が殺された三日後だった。寒いのか、東庵は首をすくめて、のそりと入ってきた。顔に、苦《く》悶《もん》の色が張り付いている。

「東庵どの、手を焙《あぶ》ってくだされ」

源九郎は、上がり框に腰を下ろした東庵のそばに火鉢を動かした。腰高障子に薄日が射していたが、寒い日である。

「華町どのは、良沢どのの死体を見ているな」

東庵が、火鉢に手を伸ばしながら言った。

「見ました」

やはり、東庵は良沢殺しの件で来たようである。

「華町どのに頼みがあってな」

「頼みとは？」

「良沢どのを殺した下手人をつきとめて欲しいのだ」

東庵が源九郎を見すえて言った。その目には、下手人に対する強い憎悪の色があった。

「それは、町方の仕事でござろう」

「むろん、町方も動いているだろう。だが、良沢どのを斬り殺した下手人は、町方の手ではなかなかつかまらないとみているのだ」

「それは、また、どうして?」

源九郎は東庵が事件について何か知っているような気がした。

「良沢どのは、辻斬りや物盗りに殺されたのではないようだ。それに、良沢どのはひとに恨まれるような男でもない」

東庵が断定するように言った。

「だが、町医者なら患者に恨まれるようなこともあるのでは」

どのような名医であろうと、助けられない病《やまい》もあろう。だが、肉親を失う悲しみから、医者のせいで死んだと思い込み、恨みを抱く場合もあるにちがいない。

「ないとは言わぬ。だが、良沢どのとは、殺される前日も会ったのだ。患者と揉めているような話はしてなかったからな」

「では、何者が良沢どのを」

源九郎はさらに水をむけた。

「水戸さまの石置き場で、丸宗の倅の峰吉が何者かに殺されたことは知っていますな」

東庵が源九郎に目を向けて訊いた。

「知っている」

「あの件と、今度の件はつながりがあるような気がするのだ」

「それは、どうして？」

峰吉は棒のような物で殴り殺され、良沢は刀で斬られていた。下手人は、別人とみていいだろう。

「実は、峰吉が殺された晩、良沢どのと会っていたらしいのだ」

「うむ……」

そのことは、源九郎も栄造から聞いて知っていた。

殺された日、峰吉は仕事を終えた後、石原町にある良沢の家を訪ねたという。その帰りに石置き場の前を通り、何者かに殺されたようなのだ。

「峰吉が良沢どのの家を出たのは、五ツ（午後八時）ごろだったと聞いている」

東庵が言い添えた。

「それで」

源九郎は身を乗り出すようにして訊いた。

「良沢どのは、峰吉の子供の徳助を診ていたのだ。ところが、なかなか治らなかった。今年の風邪は、長引くからな」

「棟梁の宗三郎は、徳助に元福丸を飲ませたと聞いているが」

良沢が診ていたのなら、元福丸は飲ませないだろう。

「そのことは、わしも知っている。……良沢どのが調合した薬を飲ませたらしいが、なかなかよくならなかった。峰吉は元福丸が効くとの話を耳にし、良沢どのがとめるのも聞かずに、元福丸を飲ませるようになったらしいのだ。……それだけなら、まだよかったのだが、元福丸を飲ませてもよくならないので、玄仙なるいかがわしい祈禱師まで呼んで、祈禱をさせた」

「玄仙が祈禱したことは、わしも聞いている」

「その祈禱が、徳助の命を奪ったとも言えるのだ」

東庵の口吻《こうふん》が昂《たかぶ》った。怒りが胸に衝《つ》き上げてきたのであろう。

「命を奪ったとは？」

「ひどい祈禱でな。風邪で体力の衰えていた幼い徳助に、とどめを刺したようなものなのだ」

東庵の話によると、玄仙は徳助が寝ていた座敷に簡単な護摩壇を作らせ、徳助を裸にさせて白衣に着替えさせた。そして、一刻（二時間）ちかくも除病の祈禱をつづけたという。薄衣一枚の徳助は寒さに顫え、火が付いたように泣きわめいた。だが、玄仙は祈禱をやめなかった。しだいに、徳助の泣き声は弱くなり、祈禱が済んだときには、ぐったりしていたという。

「それが、命取りになったようなのだ」

「なぜ、両親《ふたおや》は祈禱をやめさせなかったのだ」

峰吉とおしげは、泣きわめくわが子を見ていたのであろうか。

「祈禱のおり、両親は隣の部屋に待機させられていたようだ。……親にとって、病に冒されたわが子をみるほど辛いことはないのだ。わが子を助けたい一念で、何も見えなくなってしまう。そして、藁《わら》をも摑《つか》む気持ちで、神仏に頼るようになるのだ。……おそらく、両親は隣の部屋で泣き叫ぶ徳助の声を聞き、心の内で掌を合わせ、身を削るような思いで耐えていたのであろうな」

「分かるような気がする」

俊之介や君枝もそうである。わが子のために恥を忍んで実家に金を借りに行ったのだ。

「わしはな、そういう肉親の情を踏みにじるような商売が許せんのだ」

東庵の声が、怒りで震えを帯びていた。東庵は元福丸を高値で売っている吉野屋や玄仙のことを言っているようである。

「その後、峰吉が良沢どのの許を訪ねたのはどういうことだ」

峰吉が良沢と会ったのは徳助の死後である。死んだ後で、良沢と会っても仕方がないだろう。

「峰吉はな、徳助の命を奪ったのは、元福丸と玄仙の祈禱ではないかと気付いたらしいのだ。それで、良沢どのに詫《わ》びるつもりで石原町の家を訪ねたのだな。そのとき、峰吉は良沢どのから他にも徳助と同じように元福丸や祈禱で命をちぢめた子がいることを聞いた」

「………」

「話を聞いた峰吉は、疫病のために子供が命を落とすのは仕方がないが、まがい物の薬や祈禱で命をちぢめるようなことがあってはならないと良沢どのに話したらしいのだ。峰吉には徳助に対する罪滅ぼしの気持ちもあったのであろうな」

「それで」

「良沢どのも同感だったので、できるだけ多くの仲間を誘って、元福丸は効かぬことや玄仙の除病の祈禱は、かえって病人の命をちぢめることなどを喧伝《けんでん》し、これ以上被害者を出さぬようにしようということになったのだ」

「なるほど」

峰吉は、吉野屋や玄仙が許せなかったのであろう。

「実はな、わしも仲間のひとりにくわわったのだ。良沢どのから話を聞き、前々から吉野屋の薬や玄仙の祈禱は、病人の命をちぢめるだけだと思っていたからな。……そして、仲間を募って動きだした矢先に、峰吉と良沢どのがこのような目に遭《あ》ったのだ」

「そういうことか」

源九郎は、東庵が菅井の家で元福丸を頭から否定した理由が分かった。

いっとき、東庵は膝先に視線を落として黙考していたが、

「はっきりしたことは言えぬが、わしは峰吉と良沢どのは、吉野屋にかかわる者の手で殺されたような気がするが」

そう言って、語尾を呑んだ。

源九郎は、東庵が吉野屋に疑いの目を向けるのは当然だと思った。ただ、吉野屋にかかわる者が下手人だという証《あかし》は、いまのところ何もない。しかも、下手人の姿さえ見えてこないのだ。

「そこで、華町どのに頼みがある」

そう言って、東庵は懐から袱紗《ふくさ》包みを取り出した。

「わしは貧乏医者ゆえ、大金は出せぬ。……ここに、掻《か》き集めた金が八両ある。この金で、峰吉や良沢どのを殺した下手人をつきとめてくれんか」

東庵が源九郎を見つめて言った。東庵も、源九郎たちがはぐれ長屋の用心棒と呼ばれ、商家や旗本などに依頼され、人助けのために事件を解決してきたことを知っていたのである。

「東庵どのから、金子《きんす》をいただくわけにはいきませんな」

源九郎は、袱紗包みを東庵の脇に押し返した。

「日頃、長屋の者が東庵どのには、世話になっている。わしらは、こんなときでもなければ、恩返しできませんからな。それに、東庵どのから話はなくとも、峰吉を殺した下手人はつきとめるつもりでいたのだ。ただ、わしらは年寄りとはぐれ者たちゆえ、どこまでやれるか分かりませんがね」

そう言って、源九郎が苦笑いを浮かべた。

「華町どの、頼む」

東庵が源九郎を見つめて言った。

第三章　暗殺者

一

コトコト、と腰高障子が音をたてていた。障子の破れ目から、冷たい風が吹き込んでくる。晴天らしかったが、寒い日である。

源九郎は掻巻《かいまき》を頭からかぶり、火鉢を抱え込むようにして座っていた。こう寒くては、稼業の傘張りなど、とてもやる気になれない。

そのとき、戸口に近付いてくる足音がして腰高障子があいた。顔を見せたのは、菅井である。頭から掻巻をかぶり、将棋盤を抱えている。

このところ、菅井は快復して出歩くようになった。まだ、居合抜きの見世物や探索には、出かけていないが、源九郎の家にも顔を出すようになったのだ。

だいぶ痩《や》せたようだが、無精髭を剃ったせいもあって、いくぶんまともな顔をしていた。

「おい、将棋をやる気か」

源九郎が呆《あき》れたように言った。

「やることがなくてな。家で凝《じっ》としているのは、病《やまい》で寝ているのより辛いぞ」

菅井は掻巻をかぶったまま座敷に上がってきた。

「ま、将棋をやる気になったのはいいことだ」

それだけ、元気が出てきたからであろう。

「さて、やるか」

菅井は源九郎の脇に座ると、勝手に将棋盤を据えて駒を並べだした。

「仕方ないな」

源九郎も駒を並べた。

「ところで、朝めしは食ったのか」

源九郎が訊《き》いた。

「ああ、昨夜の残りを湯漬けにしてな」

「どこも、同じだな」

源九郎も湯漬けにして食い終えたばかりだった。ただ、残りのめしがすくなかったので、多少物足りなかった。

菅井は駒を並べ終えると、おれが先手だな、と言って、飛車の前の歩を進めた。

「ならば、こういくか」

すぐに、源九郎も歩に指先を伸ばした。

「華町、峰吉殺しのことで、これまでつかんだことを話してくれ」

菅井が低い声で言った。

どうやら、菅井は探索を始めるつもりで、これまでの経緯を訊きにきたらしい。源九郎は、菅井の風邪が快復するまではと思い、事件のことは話さずにきたのだ。

源九郎は歩を進めながら、

「まず、峰吉殺しからだな」

と切り出し、峰吉は撲殺されたらしいことを話し、さらに丸宗に雇われている大工や奉公人の犯行ではないらしいことを言い添えた。

それから、吉野屋を探ったこと、あるじの康兵衛、番頭の熊蔵、それに祈禱師《きとうし》の玄仙などについて話した。

「それで、吉野屋と玄仙はつながっているのか」

菅井が歩を進めて角の道をあけ、おい、香取《きょう》りだぞ、と言った。

「分かっている」

源九郎は、銀を上げて角の道をふさいだ。

「つながっているようだ。玄仙の祈禱を丸宗に勧めたのは、吉野屋らしいからな」

「それで、良沢どのの殺しは？」

菅井が、将棋盤を睨《にら》みながら訊いた。

「下手人は別だな」

「はっきり言うな」

「良沢どのは、刀で斬られていた。袈裟《けさ》に一太刀。なかなかの遣い手とみたな」

パチリ、と源九郎が、桂馬を打った。角、銀取りの妙手である。

「うむ……」

菅井は将棋盤を睨んで唸《うな》り声を上げた。黙考している。次の手に、迷っているようだ。

「下手人はふたりいるとみねばなるまい。……どうする、角を捨てるか、銀を捨てるか」

源九郎がうながすように言った。

「こんなところで、角を捨てられるか。……それで、良沢どのと峰吉のつながりは」

菅井は、角を逃がした。

「東庵どの話だとな。良沢どのと峰吉は何度か会って、吉野屋や玄仙に騙《だま》されて徳助のような犠牲者をこれ以上出さないためにはどうしたらよいか、相談していたそうだよ」

「それで？」

「ふたりだけの力では高が知れているので、町医者や元福丸を飲んでも身内の風邪が治らなかった者たちを集め、ひろく世間に訴えようとして動き出した矢先に、峰吉が殺されたらしいのだ」

源九郎は、東庵から訊いた子細を菅井に話した。

「訴えると言っても、何をするつもりだったのだ」

「元福丸は効かないことと、玄仙の祈禱はかえって病気を悪くすることを喧伝《けんでん》し、噂をひろめるつもりだったようだ」

「吉野屋と玄仙はたまらないな」

「ま、そうだ」

「となると、吉野屋か玄仙があやしいな」

また、菅井は駒を手にしたまま将棋盤を睨んでいる。源九郎の飛車の角取りで、戦局が源九郎に傾いてきたのだ。菅井は角を捨てねば、王があやうくなる。

「だが、あやしいだけで、何の証《あかし》もないし、下手人らしき者もまったく浮かんでこないのだ」

「うむ……。むずかしいな」

「たしかに、むずかしい事件だな」

「おれが言っているのは、将棋だ、将棋。……角を捨てるか、王を逃がすか」

菅井の顔が赭黒《あかぐろ》く染まっている。次の手が、思いつかないらしい。

「むずかしいことはあるまい。角を捨てるしか手はない。王を捨てるなら別だがな」

いずれにしろ、源九郎が優勢だった。よほどの妙手がなければ、あと、数手でつむだろう。

「ええい！　角はくれてやる」

菅井は、王を逃がした。

「ならば、こうだ」

源九郎は、王の前に金を打った。王は後ろに逃げるしかなかった。これで、ほぼ勝負は決まりである。

「源九郎、おまえという男は情けを知らんな」

「何が、情けだ」

「おれは、風邪で長く患ってきたのだぞ。それなのに、情け容赦《ようしゃ》なく王の前に金を打った。これでは、王の逃げ道がなくなるではないか」

菅井が憮然《ぶぜん》とした顔で言った。

「おまえ、おれに手を抜いてもらいたいのか」

源九郎が呆れたような顔をして言った。

「そうではない。そうではないが、この金は情けを知らぬ者の手だ」

「何を言う。将棋の手に情けもなにもないわ」

「ならば、もう一局だ」

菅井はそう言って、盤上の駒を掻《か》きまわした。

「いつもの菅井に、もどったな」

源九郎が苦笑いを浮かべて言った。

そのとき、腰高障子があいて、お熊が顔をのぞかせた。手に丼を持っていた。握りめしが入っている。

「おや、菅井の旦那もいっしょかい」

お熊が源九郎と菅井を見ながら言った。

「お熊、早くなかに入ってくれ。冷たい風が入ってくる」

「そう、そう」

お熊は、慌てて土間へ入り、後ろ手に腰高障子をしめた。

「将棋かい」

「見れば、分かるだろう。……お熊、握りめしを持ってきてくれたのか」

菅井が戸口の方に首をひねりながら言った。

「そうだよ。すこし大目に持ってきたからね。菅井の旦那の分もあるよ」

お熊の手にした丼は大きく、握りめしが四つ入っていた。

「ありがたい。お熊、すまんが茶を淹《い》れてくれんか。茶道具は、流し場の棚にあるだろう」

源九郎は湯漬けがすこし物足りなかったので、ちょうどよかったと思った。

「分かってるよ」

お熊は、丼を上がり框《がまち》のそばに置くと、土間の隅の流し場に向かった。

そして、棚の上の急須《きゅうす》に手を伸ばしながら、

「昨夜遅く、おしげ婆さんが死んだよ」

と、ぽつりと言った。

「なに、おしげが死んだだと……」

一瞬、駒を並べていた菅井の手がとまった。

お熊も、それ以上口にしなかった。源九郎も咄嗟《とっさ》に言葉が出なかった。

ふいに、静寂が部屋のなかにひろがった。重苦しい沈黙が、三人をつつんでいる。鉄瓶の蓋が、湯気で持ち上がり、カチカチとちいさな音をたて始めた。腰高障子が風で揺れ、コトコトと鳴っている。さっきまで、意識していなかったちいさな音が、命の鼓動のように聞こえてきた。

二

菅井は茂次といっしょに大川端を川下に向かっていた。大刀を一本だけ差して

いる。総髪を川風になびかせ、懐手をして飄然《ひょうぜん》と歩いていた。肉をえぐり取ったように頬がこけ、顎がとがり、眼窩《がんか》が落ちくぼんでいる。前から般若《はんにゃ》のような顔をしていたが、風邪を患って痩せたせいか、さらに凄《すご》みを増したようだ。

「旦那、熊井町《くまいちょう》ですぜ」

茂次が歩きながら言った。

「名は、岩造《いわぞう》だったな」

「へい」

茂次が吉野屋の近所で聞き込み、康兵衛が賭場の貸元をしているとき子分だった岩造という男が、熊井町にいることをつかんできたのだ。

茂次が源九郎と菅井が将棋を指している場で岩造のことを話すと、

「おれが行く」

と、すぐに菅井が言った。菅井にすれば、源九郎や茂次たちが探索に乗り出しているのを見ているだけだったので、今度は自分の番だと思ったようだ。

前方に永代橋が迫ってきた。おだやかな日和のせいか、永代橋のたもとは賑わっていた。ただ、川風が冷たく、首をすくめるようにして足早に通り過ぎる者が多かった。

永代橋のたもとを過ぎると、眼前に江戸湊《みなと》がひろがっていた。青一色の海原を、大型の廻船が白い帆をふくらませて航行していく。その海原の先に、雪をいただいた富士が、くっきりその霊峰を浮き上がらせていた。

「この辺りから、熊井町だな」

歩きながら、菅井が言った。

熊井町は、大川沿いにひろがる町である。

「樽吉《たるよし》とかいう飲み屋をやってると聞きやしたが」

茂次は通り沿いの表店《おもてだな》に目をやりながら言った。

この辺りまで来ると人通りはまばらになり、表店も小体《こてい》な店が多かった。それに、漁師らしい家もあったし、あちこちに空き地や藪《やぶ》などが残っていた。

「ちょいと、訊いてきやす」

そう言い残し、茂次は道沿いの八百屋に入った。

菅井が、路傍に立っていっとき待つと、茂次が小走りでもどってきた。

「旦那、知れやしたぜ。一町ほど先だそうで」

茂次は歩きだしながら、店先に赤提灯《あかちょうちん》が下がっているらしいですぜ、と言い添えた。

「あれだ、あれだ」

茂次が指差した。

なるほど、店先に大きな赤提灯が下がり、樽吉と書かれていた。小体な店のせいか、やけに提灯が目立っている。

戸口に縄暖簾《なわのれん》は下がっていたが、客はいないらしく静かだった。茂次が戸口の腰高障子に耳を寄せ、

「だれか、いるようですぜ。洗い物でもしているのかもしれねえ」

と、小声で言った。

「そのようだな」

茂次の後ろに立った菅井の耳にも、かすかに水を使う音が聞こえたのだ。

「話を訊いてみよう」

菅井が腰高障子をあけた。

客はいなかった。戸口の先に土間があり、飯台がふたつ置かれていた。まわりに腰掛け代りの空き樽が並んでいる。水音は、土間の奥で聞こえた。戸ははずしてあったが、暗くてよく見えなかった。食器類を並べた棚や水甕《みずがめ》などが置いてあり、人影が動いていた。そこが板場らしい。

「だれか、おらぬか」

菅井が声をかけた。

すると、水音がやみ、人影が戸口に出てきた。でっぷり太った女だった。色白の大きな顔である。頬がふくれ、顎の肉がたるんでいる。四十ちかいだろうか。

「あら、いらっしゃい」

女は年格好に似合わず、娘のような声で言った。客と思ったのだろう。

「店はひらいているのか」

菅井は、飲みながら岩造から話を訊こうと思った。

「はい、どうぞ、どうぞ」

女は愛想笑いを浮かべて、空き樽に菅井と茂次を腰掛けさせた。

「女将、岩造はいるか」

岩造がいなければ、店にいてもしかたがない。

「いますけど、お侍さまは」

女が怪訝《けげん》な顔をして訊いた。顔の愛想笑いは消えている。

「岩造に訊きたいことがあってな」

「どんな話ですか」

女の顔に不安そうな表情が浮いた。

「なに、岩造に悪い話ではないから、安心しろ」

そう言うと、菅井は脇の板壁に目をやった。そこに品書きが貼ってあったのだ。

「女将、酒と肴《さかな》を頼む。肴は、するめと漬物でいい」

「すぐ、用意しますから」

女はそう言って、板場へひっ込んだ。そして、女と入れ替わるように、大柄な男が出てきた。五十がらみだろうか、赤ら顔で目のギョロリとした男だった。料理の支度でもしていたのか、濡れた手を前だれで拭いている。

「岩造か」

菅井が訊いた。

「へい、旦那は？」

岩造が、菅井と茂次をじろりと見た。顔に警戒の色がある。

「見たとおりの牢人だ。おまえに訊きたいことがあってな。手間はとらせぬ。まァ、腰を下ろしてくれ」

菅井が、脇の空き樽に目をやった。

岩造は渋い顔をしたが、何も言わず空き樽に腰を下ろした。

「十間店町で生薬屋《きぐすりや》をひらいている康兵衛を知ってるな」

「旦那、町方ですかい」

岩造は、答える前に訊いた。菅井の素性と目的が知れるまで、話すつもりはないのかもしれない。

「隠しても仕方がないから話すがな。……おれの知り合いが、高い金を出して吉野屋の元福丸を買って子供に飲ませたが、死んでしまったのだ。都合、十両ほどだという。親としてみれば、半分だけでも返してもらいたいと思い、吉野屋に掛け合ったらしいのだ。ところが、逆に脅されて追い返されてしまった。親は悔しくてしかたがない。そこで、おれのところへ何とかならないかと泣き付いてきたわけだ」

半分は事実で、半分は嘘だった。

「そうですかい」

岩造が薄笑いを浮かべた。だいたいの事情は、察したようだ。

「吉野屋には、用心棒がいるらしいと聞いてな。おれも、すぐに吉野屋に乗り込むわけにはいかなくなったのだ。そこで、おまえのことを耳にし、様子を訊いてみようと足を運んできたわけだよ」

菅井は、ただというわけにはいくまい、と言って、懐《ふところ》から財布を取り出し、一朱銀を岩造の手に握らせてやった。

とたんに、岩造は相好をくずし、

「ですが、旦那、あっしが康兵衛と手を切ってから、十年は経ちますぜ」

と、小声で言った。話す気になったようである。

「康兵衛だが、小網町にいたころは、だいぶ幅を利かせていたようだな」

菅井が声をあらためて訊いた。

「へえ、まァ」

岩造は、言葉を濁した。賭場をひらいていたことは、言いづらいのであろう。

「番頭の熊蔵のことも知っているな」

「あっしの兄貴分だった男でさァ」

「吉野屋には、熊蔵のほかにも小網町にいたころの子分がいるのか」

「磯次郎《いそじろう》ってやつが、手代をやってまさァ」

岩造によると、歳は三十がらみ、痩身で目の細い男だという。

「他には?」

「知りませんねえ。小網町にいたころ若い者が七、八人いやしたが、貸元が吉野屋へ入るとき離れちまいやしたからね。あっしも、そのとき離れて、お初《はつ》といっしょにこの店を始めたんでさァ」

　さっきの女は、お初という名らしい。

　そのとき、黙って聞いていた茂次が、

「玄仙ってえ、祈禱師を知ってるかい」

　と、訊いた。

「知らねえ。小網町にいたころは、祈禱師などに縁はなかったぜ」

「おれの知り合いが、康兵衛の息のかかった男に棒のような物で殴り殺されたらしいんだが、だれがやったか分かるかい」

　茂次は、峰吉を殴り殺した下手人のことを訊いたのだ。

「分からねえ。おれが康兵衛から離れて、十年も経ってるんですぜ」

　岩造は首をひねった。

「腕の立つ牢人はどうだ。康兵衛に、用心棒はいなかったのかい」

　茂次が訊いた。良沢を斬った下手人を割り出そうとしたのだ。

「賭場に出入りしていた牢人はいたが、用心棒というわけじゃァねえ」

「そやつ、腕は立つのか」

今度は、菅井が訊いた。

「へえ、凄腕だと聞いてやすぜ」

「名は？」

「間宮半兵衛《まみやはんべえ》」

「年格好は」

「賭場に出入りしていたころは、二十五、六だったかな」

とすると、いまは三十代半ばと見ればいいだろうか。

岩造の話によると、間宮は中背で痩せているという。総髪で面長。目が細く、鼻が高いそうである。

「間宮半兵衛か」

菅井は名に覚えはなかったが、顔を合わせれば分かるだろうと思った。

それから、お初が運んできた酒を飲みながら、さらに岩造に康兵衛のことを訊いたが、事件にかかわるような話は聞けなかった。

店に三人連れの船頭が入ってきたところで、岩造は、いそがしくなりやすんで、と言い残して腰を上げた。

菅井と茂次が樽吉を出ると、辺りは濃い暮色につつまれていた。すでに、暮れ六ツ（午後六時）は過ぎているらしい。

ふたりは大川端を川上に向かって歩いた。今日のところは、このままはぐれ長屋へ帰るつもりだった。

「旦那、あっしが間宮を探ってみやすよ」

茂次が低い声で言った。

「気をつけろよ。相手は、遣い手らしい」

菅井は、間宮に気付かれると、茂次が狙われるのではないかと思ったのだ。

三

「新太郎も、風邪《かぜ》か」

源九郎が驚いたような顔をして訊いた。戸口に立っている源九郎の耳に、奥の座敷から子供のものと思われる咳が聞こえてきたのだ。しかも、戸口に出迎えたのは、俊之介ひとりだった。君枝とふたりの子供は、座敷から出てこなかったのだ。

この日、源九郎は俊之介の風邪の具合と家族の様子を訊くために、華町家に立ち寄ったのである。

「それが、新太郎と八重が風邪ぎみでしてね。……君枝は八重に添い寝してい て、迎えに出られないんです」

俊之介が心配そうな顔をして言った。

そういえば、八重らしいちいさな咳の音が聞こえた。君枝のあやしている細い声には、母親の必死さがこもっている。

「出迎えなどかまわんが、心配だのう」

源九郎は困惑したように声を落とした。今年の流行《はやり》風邪は、幼い子供が重くなるようなのだ。

「元福丸を飲ませましたが、熱が下がらないんです」

俊之介の顔が、戸惑いと不安の翳《かげ》を張り付けている。

源九郎の口から、元福丸など効かぬ、と出かかったが、

「俊之介、医者に診てもらったか」

と、慌てて別のことを訊いた。元福丸は嫁の実家で何とか工面した金で買った薬である。頭から、否定したら、さらに不安がつのるだろう。

「いえ、まだですが……」

「薬よりも、医者の方がたしかだ」

「でも、元福丸を飲ませましたから」

「元福丸を飲ませても、効かずに亡くなった子がいるのだぞ」

「……」

俊之介の顔がこわばった。

「東庵どのがいい。わしが今日にも東庵どのに話しておくから、明日、迎えに行け」

そう言うと、源九郎は懐から財布を出して一分銀をつまみだし、俊之介の膝先に置いた。二両分である。

「この金子《きんす》は」

俊之介が戸惑うような顔をして訊いた。傘張りだけではたりず、華町家からの合力で何とか暮らしを立てている源九郎が、大金を持っていたからであろう。

「なに、頼まれたことがあってな」

源九郎が言葉を濁した。

「ああ、菅井どのたちと……」

俊之介は、相生町界隈《かいわい》で源九郎や菅井たちがはぐれ長屋の用心棒と呼ばれ、商家や旗本などから依頼されて、強請《ゆすり》を追い返したり勾引《かどわか》された娘を助け出したりしていることを知っていた。その際、相応の金子も得ていることも承知している。

「俊之介、東庵どのが出してくれる薬を子供たちに飲ませるのだぞ。……菅井も風邪を引いて、東庵どのに診てもらい、出してくれた薬を飲んで本復したのだ。東庵どのは、まちがいない」

源九郎が語気を強くして言った。

俊之介は驚いたような顔をした。いつもは、おっとりとしてきつい物言いをしない源九郎が、強い口調で言ったからであろう。

「分かりました」

俊之介が気圧《けお》されたように小声で言った。

「それからな、祈禱や占いなどで、病を治そうと思うなよ」

「そんなことはしませんよ」

俊之介ははっきりと言った。

「それを聞いて安心した」

源九郎は立ち上がると、おまえも君枝も無理せんようにな、そう言い添えて、戸口に向かった。

後をついてきた俊之介が、

「君枝だけでも、見送りに出られればよかったんですが」

と、恐縮して言った。

「病の幼子のそばについている母親を呼べるか」

源九郎が戸口に立って言った。

まだ、奥の座敷から子供ふたりの咳が聞こえていた。八重をあやしている君枝の声も、かすかに耳にとどく。

……君枝に風邪がうつらねばよいが。

と、源九郎は思った。

外に出ると、六間堀沿いは淡い暮色に染まっていた。大気は冷たかったが、風がないだけ凌《しの》ぎやすいのかもしれない。それでも、源九郎は手ぬぐいを首に巻き、背を丸めて歩いた。

六間堀沿いを歩き、竪川につき当たったところで、左手にまがった。そこは松井町で、川沿いをいっとき歩けば、一ッ目橋のたもとに出られる。

すでに暮れ六ッ（午後六時）を過ぎていた。堀沿いの道に人影はなかった。表店も店仕舞いし、ひっそりと静まっていた。川岸の枯れた芒《すすき》や葦《あし》が川を渡ってきた寒風に、物悲しい音を立てて揺れている。

ふいに、半町ほど先に人影があらわれた。店仕舞いしている表店の軒下から、通りに出てきたらしい。ふたりだった。ひとりは、手ぬぐいで頰っかむりした町人体の男で、遊び人ふうだった。棒縞の着物を裾高に尻《しり》っ端《ぱし》折《よ》りし、股引姿である。

もうひとりは牢人体だった。瘦身の男で、総髪が川風に揺れていた。黒鞘の大刀を一本だけ落とし差しにしている。

……あれは、わしらを尾《つ》けていた男ではあるまいか。

源九郎は、遊び人ふうの男の体軀《たいく》に見覚えがあった。中背で瘦身。敏捷《びんしょう》そうな雰囲気があった。繁田屋からの帰りに跡を尾けてきた男である。

ふたりは、行く手をふさぐように道のなかほどに立っている。

……わしを斬る気か！

牢人は両腕をだらりと下げたまま、源九郎を見つめている。その姿に、獲物を待ち構える獣のような気配があった。

ふたりとの間は二十間ほど。反転して逃げようかとも思ったが、源九郎は足をとめなかった。どの道、追いかけられたら逃げられない。源九郎は歳を取ったせいもあって、走るのは苦手だった。

しだいに、源九郎とふたりの間がつまってきた。牢人は面長で、鼻梁が高かった。源九郎を見すえている双眸《そうぼう》が、切っ先のようにするどいひかりを宿している。

町人体の男は手ぬぐいをかぶっているため、顔付きははっきりしないが、三十がらみで、上目遣いに源九郎を見つめている目が猛禽《もうきん》のように底びかりしていた。真っ当な男ではないようだ。

四

「わしに何か用か」

源九郎は足をとめた。

対峙した牢人との間合は、およそ四間。牢人は、まだ両腕をたらしたままである。

町人は、ゆっくりとした動きで源九郎の左手にまわり込んできた。右腕を懐につっ込んでいる。おそらく、匕首《あいくち》でも呑んでいるのだろう。

「うぬの命をもらいうける」

　牢人がくぐもった声で言ったとき、口元に薄笑いが浮いた。余裕であろうか、身辺に緊張がなかった。源九郎を年寄りと見て、侮《あなど》っているのかもしれない。

「おぬしか、良沢どのを斬ったのは」

　源九郎の勘だった。対峙している牢人と、良沢を斬殺した下手人をつなげるものは何もなかったのである。

「どうかな。冥途《めいど》で、良沢なる者に訊いてみろ」

　言いざま、牢人は左手で鯉口を握った。まだ、右手は垂らしたままである。

「どうあっても、やる気か」

　源九郎も右手を柄に添えた。

「そうだ」

　牢人が抜刀した。

　刀身が薄闇を切り裂くように弧をえがき、切っ先が源九郎に向けられた。つづいて、町人が匕首を懐から抜いて身構えた。

　源九郎も刀を抜き青眼に構えた。切っ先が、ピタリと牢人の目線につけられている。腰が据わり、隙がなかった。

源九郎は鋭い目で、牢人を見すえていた。茫洋《ぼうよう》とした表情が拭い取ったように消え、剣客らしい凄みのある顔に豹変《ひょうへん》している。

「おぬし、できるな」

牢人の顔に驚きの表情が浮いた。源九郎の構えから、遣い手であることを察知したのである。

源九郎は、鏡新明智流《きょうしんめいちりゅう》の遣い手だった。源九郎は十一歳のおり、鏡新明智流を受け継いだ桃井春蔵《もものいしゅんぞう》がひらいていた南八丁堀大富町蜊河岸《おおとみちょうあさりがし》の道場、士学館《しがくかん》に入門し、熱心に稽古に取り組んだのである。

源九郎は鏡新明智流の遣い手として将来を嘱望されるほどに腕を上げたが、師匠のすすめる旗本の娘との縁談を断って道場に居辛くなり、士学館をやめてしまった。その後、幾星霜が流れ、いまは長屋で自堕落な暮らしをつづける隠居の身である。ただ、歳を取っても剣の腕はむかしとそれほど変わらなかった。体力は、衰えたが、多くの真剣勝負を経験したこともあって、勝負の勘や読みはかえって鋭くなっていたのである。

「いくぞ！」

牢人の顔がけわしくなった、眼光が鋭さを増し、全身に気勢がみなぎってきた。

牢人は青眼からゆっくりと刀身を下ろし、下段に構えた。切っ先が地面に着くほど低い下段である。両肩を落とし、わずかに右足を前に出している。

……手練《てだれ》だ！

と、源九郎は察知した。牢人の下段の構えには、下から突き上げてくるような威圧があった。全身に気勢が満ちていながら、肩や構えに凝りや硬さがなかった。ゆったりとした構えである。

つ、つ、と牢人は趾《あしゆび》で地面を擦るようにして間合を狭めてきた。構えにくずれのない静かな寄り身である。気合も発せず、息の音さえ聞こえない。

源九郎は身がかすかに顫《ふる》えた。だが、怯《おび》えや恐怖ではなかった。強敵を前にした武者震いである。

源九郎は切っ先に気魄《きはく》を込め、斬撃の気配を見せた。気攻《きぜ》めである。牢人の構えをくずそうとしたのだ。

だが、牢人の構えはくずれなかった。薄闇のなかに、刀身がにぶいひかりを放って迫ってくる。

一方、左手にいる町人は動かなかった。匕首を胸の前に構え、すこし上体を前に倒して飛びかかる隙をうかがっている。

源九郎と牢人の間合がせばまるにつれて緊張が高まり、痺《しび》れるような剣気が辺りをおおってきた。

ふいに、牢人が寄り身をとめた。一足一刀の間境の手前である。

ふたりは対峙したまま動きをとめた。

ふたりの意識のなかで、時がとまり、音が消えていた。真空のような剣の磁場のなかで、ふたりは身動《みじろ》ぎもせず睨み合っている。

数瞬が過ぎた。

チリッ、とかすかな音がした。左手にいた男が地面の小石を踏んだのである。

刹那《せつな》、源九郎と牢人との間に稲妻のような剣気がはしった。

タアリャッ！

トオッ！

ふたりの裂帛《れっぱく》の気合が、同時に静寂をつんざいた。

牢人の体《たい》が躍動し、下段から手首を捻《ひね》りながら源九郎の手元へ斬り上げた。

迅《はや》い！

籠手《こて》を狙った神速の斬撃である。

間髪をいれず、源九郎の刀身が青眼から袈裟へはしった。牢人の切っ先が源九郎の右手をかすめて空を切り、つづいて源九郎の切っ先が牢人の肩先をかすめて流れた。

牢人の斬撃の方が迅かったが、間合が遠かったのである。

次の瞬間、ふたりは背後に大きく跳んだ。お互いが、相手の二の太刀を恐れて間合を取ったのだ。

源九郎と牢人は、ふたたび青眼と下段に構え合った。

町人は動かなかった。いや、動けなかったのである。ふたりの動きが迅く、飛び込む機がとらえられなかったのだ。

「互角か」

牢人がくぐもった声で言った。細い双眸が、燃えるようにひかっていた。唇も赤みを帯びている。体中の血が滾《たぎ》っているのだ。

「そのようだな」

源九郎も、互角だと思った。このまま斬り合っても相打ちの可能性が高い。一瞬、牢人の斬撃の方が迅かったが、籠手を斬られながらも、源九郎の切っ先は牢人の肩口をとらえていたはずだ。下段から斬り上げる籠手は、腕を截断《せつだん》するほどの斬撃を生まないからである。

ただ、牢人が源九郎の斬撃を受ける前に身を引いていれば、相打ちにはならない。源九郎が籠手を斬られただけであろう。そうならないだけの迅さと果敢さが、源九郎にあったのである。

……相打ちはごめんだ。

との思いが、源九郎の脳裏をよぎった。相打ちでも、命を失うことに変わりはないのである。

「いくぞ！」

一声上げて、牢人が間合をつめようとしたときだった。

一ツ目橋の近くで、男の喚《わめ》き声と下卑《げび》た笑い声が聞こえた。酔った男がふざけているらしい。夕闇のなかに、数人の人影が見えた。こちらに歩いてくるようだ。

すると、牢人の全身に満ちていた気勢がしぼむように弱まり、下段の構えの威圧が消えた。気を抜いたのだ。

牢人は一歩身を引くと、

「勝負は、あずけた」

　と言い残して、反転した。

　牢人がその場から離れていくと、慌てた様子で町人が後を追った。

　源九郎は動かなかった。遠ざかっていく牢人の背に目を向けている。

　……あやつ、相打ちになるのを避けようとしたのだ。

　と、源九郎は察知した。

　酔客が近付いてくることもあったが、勝負を決するだけの間はあったはずなのだ。

　源九郎も牢人が身を引いて、助かった、と思った。源九郎もこんなところで、名も知れぬ相手と相打ちで落命したくなかったのである。

五

　クシュン、と富助がくしゃみをした。

　上がり框ちかくに胡座《あぐら》をかき、莨《たばこ》を吸っていた孫六は、雁首を莨盆でたたいて立ち上がった。

　富助は、流し場の近くでおみよに抱かれていた。

「おみよ、富は、風邪をひいたんじゃァねえのか」

孫六は、おみよの肩越しに富助を覗き込んだ。

富助のちいさな鼻から出た洟《はなみず》が、口のまわりにひろがってくしゃくしゃになっていた。富助はねんねこ半纏《ばんてん》にくるまったまま、丸い目をして孫六を見上げている。その顔がいつもより、赤く見えた。

「おい、熱があるんじゃァねえだろうな」

「そういえば、熱っぽいね」

おみよが、慌てた様子で指先を富助の額や頬に当てた。

すると、富助が嬉しそうな顔をして笑った。おみよが、あやしてくれたと思ったのであろうか。笑った口のなかまで洟が入り込んでいる。

おみよは、手にした手ぬぐいで洟を拭き取ってやりながら、

「す、すこし、熱があるようだよ」

と、震えを帯びた声で言った。顔がこわばっている。

「おみよ、富を寝かせるんだ。冷てえ風に当てるんじゃァねえ」

孫六が、うわずった声で言った。

おみよは、すぐに流し場から座敷に上がった。孫六は、急いで枕屏風の陰に畳

んであった富助の夜具を引っ張り出した。

富助を夜具に寝かせると、ねんねこ半纏をかけ、さらに褞袍《どてら》をかぶせた。富助は母親に抱かれていたのを寝かされたせいか、手足をつっ張ってむずかり始めた。おみよは添い寝するように、富助のそばに横になり、よし、よし、と声をかけながら褞袍の上からたたいてやっている。

……とうとう富が、風邪にかかっちまった。

孫六が、土間につっ立ったままつぶやいた。孫六の顔が不安でゆがみ、すこし背のまがった体が小刻みに顫えている。

源九郎はめずらしく座敷のなかほどに立ち、刀を手にしていた。竪川沿いで待ち伏せしていた牢人を脳裏にえがき、青眼に構えて切っ先を牢人の目線につけていた。

源九郎が牢人と立ち合った二日後である。源九郎は、このまま牢人と立ち合ったら、相打ちがいいところだと思っていた。

……まだ、死ぬわけにはいかぬ。

と源九郎は思い、牢人を破る工夫をしていたのだ。

源九郎は、牢人の下段からの籠手を狙って撥《は》ね上げる太刀筋を脳裏に描いた。迅かった。おそらく、源九郎が一歩踏み込んでいたら、右腕を斬り落とされていただろう。源九郎の踏み込みが浅かったので、牢人の切っ先を受けずにすんだのである。ただ、踏み込みが浅かったため、源九郎の斬撃も敵にとどかなかったのだ。

源九郎は、脳裏で牢人の斬撃をはじこうとしてみたが、牢人の撥ね上げる迅さについていけそうもなかった。

……逃げるか、相打ち覚悟で踏み込むしかないのか。

源九郎は、構えを変えようと思った。

上段か八相に構えれば、下段から籠手を斬り上げるのはむずかしいはずである。

ただ、源九郎が上段か八相に構えれば、牢人も構えを変えるのではあるまいか。そうなったとき、牢人がどのような刀法をとるのか、源九郎は読めなかった。

それでも、源九郎は脳裏で上段や八相に構え、牢人の太刀筋をいろいろ思い描きながら、斬り込んでみた。

脳裏での立ち合いを半刻（一時間）ほどつづけたとき、腰高障子があいて、孫六が姿を見せた。何かあったらしく、孫六の顔に不安そうな翳が張り付いていた。

「孫六、どうした」

源九郎は刀を鞘に納めて上がり框に近寄った。

「旦那、富が」

孫六の声は震えを帯びていた。

「富助が、どうした」

「か、風邪をひいたらしいんでさァ」

そう言って、孫六はどかりと上がり框に腰を下ろした。

「風邪か」

源九郎はこともなげに言ったが、孫六の気持ちも分かった。孫六にとって、富助は長年待ち望んでやっと生れた初孫だった。孫六は富助を目のなかに入れても痛くないほどかわいがっていたのである。

「それで、おみよのやつが、富助に元福丸を飲ませてえと言いやしてね」

孫六は困惑したように眉宇《びう》を寄せた。

「元福丸は効かんぞ」

そのことは、孫六も知っているはずだった。

「あっしも、そう言いやしたが、おみよがどうしても飲ませてえって言い張るんでさァ」

「うむ……」

おみよも、元福丸の評判を鵜《う》呑《の》みにしているのだろう。何とか子供を助けたいという親の思いが高じて、ほかの治療や薬に目がいかなくなっているのかもしれない。

「孫六、実はわしの孫の新太郎と八重のふたりも風邪にかかったのだ」

「旦那のお孫さんも」

孫六が顔を上げて源九郎を見た。

「わしの倅も元福丸を飲ませたようだが、熱は下がらなかったようだ。元福丸もいいが、その前に東庵先生に診てもらった方がいいぞ」

源九郎は、頭から元福丸はだめだと押しつけると、おみよはかえって反発するだろうと思ったのだ。

「へえ、それで」

「東庵先生の腕はたしかだ。菅井の風邪も治ったからな」

「あっしも、そう思いやすぜ」

「それで、倅にはこう言ったのだ。元福丸もいいが、まず、東庵先生の言うとおりにしてみろとな」

「旦那、あっしも、おみよにそう言ってみやす」

孫六が勢いよく立ち上がった。

慌てて戸口から出て行こうとする孫六を、

「待て」

と言って、源九郎が呼びとめた。

「祈禱や占いもだめだぞ」

「分かっていやすよ」

「それにな、孫六は探索から手を引いてくれ。富助の病状がよくなるまでだ」

どうせ、孫六は富助のことが心配で、探索にも身が入らないだろう。

「へい、四、五日、富助のそばについていてやりやす」

そう言い残し、孫六は戸口から飛び出していった。

源九郎は、遠ざかっていく孫六の足音を聞きながら、……風邪とも戦わねばならんようだ。

峰吉や良沢を斬殺した下手人より、長屋を襲う流行風邪の方が恐ろしい敵かもしれぬ、と源九郎は思った。

六

「富助が風邪をひいたそうだぜ」

茂次が歩きながら三太郎に言った。

ふたりは、日本橋川沿いの道を歩いていた。間宮半兵衛の居所をつきとめるつもりだった。間宮は小網町にあった康兵衛の賭場に出入りしていたと岩造に聞き、いまはないが賭場のあった界隈《かいわい》で聞き込んでみようと思ったのである。

茂次の話を聞いた三太郎が、あっしも、行きやす、と言って、ついてきたのだ。

「孫六のとっつァん、心配で夜も寝られないようですぜ」

三太郎が言った。

「おめえも風邪をひかねえように気をつけな」

「あっしは風邪などひかねえ。いつも、大道で絵を描いてやすからね。暑さ寒さには体が慣れてるんでさァ」

「おれが言ってるのは、夜のことだよ。おめえ、寒いのに、おせつさんと夜も寝ねえでがんばってるんじゃァねえのか」

茂次が口元に卑猥《ひわい》な笑いを浮かべた。三太郎は、おせつと所帯を持って二年の余経つが、まだ子供ができず、新婚気分が残っていたのである。

「あっしより、茂次さんこそ気をつけてくだせえ」

三太郎が、顔を赤くして言った。

茂次も女房のお梅《うめ》とふたり暮らしだった。ふたりが所帯を持ったのは三太郎より半年ほど前である。

「おれは、おめえのように好きじゃァねえよ」

そう言った後、茂次はにやけた笑いを消した。そして、あの路地だぜ、と言って前方を指差した。

瀬戸物屋の脇に細い路地があった。賭場があったのは、小網町二丁目の瀬戸物屋の角をまがった路地の先だと聞いていたのだ。

そこは狭い路地で、八百屋や魚屋などの小店や表長屋などがごてごてと軒を並べていた。ぼてふり、長屋住まいの女房、風呂敷包みを背負った行商人などが目に付き、路地木戸の前では子供たちが遊んでいた。どこでも見かける江戸の裏路地である。

いっとき歩くと、小店や表長屋などはすくなくなり、借家ふうの家や空き地などが目立つようになってきた。路地はひっそりとし、人影もほとんど見られない。

「あそこらしいな」

前方に板塀をめぐらせた妾宅ふうの家があった。かなり古い家で、板塀は朽《く》ちて所々剝《は》げ落ち、庇《ひさし》の板は垂れ下がって風に揺れていた。長い間、空き家だったらしく板戸はしまったままで、家のまわりは枯れ草におおわれている。

「まちげえねえ、ここが賭場だったのだ」

茂次が声を強くして言った。

「近くに、話を訊くような店はねえなァ」

三太郎が路地に目をやって言った。長屋や小体な仕舞屋《しもたや》はあったが、店屋は見当たらなかった。

「引き返して、店屋で訊いてみるか」

茂次が言った。

「そうしやしょう」

ふたりは来た路地を引き返し始めた。

二町ほど歩くと、小体な八百屋や煮染《にしめ》屋などが目につくようになった。

「この八百屋で訊いてみるか」

茂次は店先からなかを覗き、漬物樽の前に店の親爺らしい男がいるのを目にとめた。

「あっしは、この先の舂米屋《つきごめや》で訊いてみやす」

三太郎はそう言って、店先を離れた。

茂次は、ごめんよ、と声をかけ、親爺に近寄った。

「何か用かい」

親爺は無愛想な顔をして訊いた。いきなり店に入ってきた茂次を客とは思わなかったようだ。

「ちょいと、訊きてえことがあってな」

茂次はすばやく懐から巾着《きんちゃく》を取りだし、波銭をつまみだして親爺の手に握らせてやった。袖の下である。

「なんです」

親爺の物言いがやわらかくなった。袖の下が利いたらしい。

「この先に、板塀をめぐらせた荒屋《あばらや》があるな」

「へい」

「だれの持ち家だい」

「吉野屋さんですよ。生薬屋の」

「そうか、あれか。……むかし、賭場だったと聞いてるが、そうかい」

茂次が声をひそめて訊いた。

「旦那、親分さんですかい」

親爺の顔に警戒するような色が浮いた。

「そうじゃァねえ。売り家なら安く買って住もうと思ったんだが、いわくのある家だとなァ」

茂次がもっともらしい顔をして言った。

「大きい声じゃ言えませんけど、賭場だったんですよ」

親爺が声をひそめて言った。

「やっぱりそうか。……間宮の旦那は、ここに出入りしてたんだな」

茂次が間宮の名を出した。

「間宮の旦那と言いやすと？」

親爺が不審そうな顔をして訊いた。

「間宮半兵衛さまだよ」

茂次は岩造から聞いた間宮の人相を言い添えた。

「ああ、牢人の……」

親爺は思い当たったようだ。おそらく、間宮はこの路地を何度も通ったのだろう。

「そういやァ、ちかごろ間宮の旦那の顔を見てねえな。いま、どこにいるか知ってるかい」

茂次が何気なく訊いた。

「さァ、知りませんね」

親爺は、素っ気なかった。

「おめえも、ちかごろ間宮の旦那の顔を見てねえのかい」

「見ましたよ」

親爺が言った。

「見たか」

「五日ほど前、日本橋川沿いの道を磯次郎さんと歩いてましたよ」

「磯次郎ってえと、吉野屋の手代だな」

どうやら、親爺は磯次郎のことも知っているようだ。賭場があったころ、磯次郎もこの辺りで幅を利かせていたのかもしれない。

「そうでさァ」

「まだ、磯次郎とつるんでるのかい」

間宮は吉野屋の康兵衛といまもつながっている、と茂次は確信した。間宮が康兵衛の指示で、良沢を斬ったのかもしれない。源九郎を襲ったのも、間宮かもしれない。茂次たちは、源九郎から六間堀沿いの道で襲われたことを聞いていた。

「旦那、話はこれだけにしてくだせえ」

親爺は、いらっしゃい、と声を上げ、慌てて店先へ向かった。客である。女房らしき女が、大根を手にして品定めをしていたのだ。

茂次はまだ訊きたいことがあったが、仕方なく店を出た。

七

茂次は三太郎と別れた場所にもどったが、まだ三太郎の姿はなかった。いっとき待つと、三太郎が走ってきた。

三太郎は肩を上下させて、ハァ、ハァ、と荒い息を吐いた。青瓢箪《あおびょうたん》のような顔が上気して、酒気を帯びたように赤くなっている。三太郎は、ふだん人通りの多い寺社の門前や広小路の隅に座り込んで、砂絵を描いていた。そのせいか、力仕事や走りまわることは、苦手なのである。

「何かつかんだのか」

茂次が訊いた。

「へ、へい」

三太郎は、つっ立ったまま肩で息している。

「ここで、つっ立っていても仕方がねえ。歩きながら話すか。それで、何をつかんだ」

茂次が歩きだすと、三太郎もついてきた。だいぶ、息は収まったようである。

「春米屋の親爺に訊きやした」

そう前置きして、三太郎が話しだした。

「噂のようですがね。間宮半兵衛は賭場に出入りしていたころ、この近くで遊び人を斬ったそうですぜ」

「そうかい」

岩造は、間宮のことを凄腕だと話していたが、遊び人が斬られたのを見たのかもしれない。

「ほかに、何か知れたかい」

「間宮はいまでも、康兵衛とつながってるようでさァ」

三太郎によると、春米屋の親爺が、間宮と康兵衛が小網町の料理屋から出てくるところを目にしたと話していたそうである。

「そのことなら、おれも聞いてるぜ」

茂次が八百屋の親爺から聞いた話として、間宮と手代の磯次郎がいっしょに歩いていたことを言い添えた。

「あっしが聞き込んだのは、それだけで」

三太郎が言った。

「だいぶつかんだじゃァねえか。おれが、聞いたのは、磯次郎のことだけだぜ」

「それで、これからどうしやす」

三太郎が足をとめて訊いた。

「まだ、長屋に帰《けえ》るのは早《はえ》な」

茂次が空を見上げて言った。まだ、陽は頭上にあった。八ツ（午後二時）ごろであろうか。

「十軒店町まで足を伸ばすか」

「吉野屋ですかい」

「そうだ。康兵衛と熊蔵、それに磯次郎をもうすこし洗ってみよう。まだ、三人の顔も拝んでねえ。それに、玄仙のことも出てこねえからな」

「そうしやしょう」

「その前《めえ》に、腹ごしらえをしねえとな」

茂次たちは昼めしを食ってなかったのだ。

小網町から十間店町へ向かう途中、茂次たちは手頃な一膳めし屋を見つけて入った。懐は暖かかったので酒を飲んでもよかったのだが、聞き込みのことを考えてめしだけにした。

十間店町の表通りへ出たところで、茂次と三太郎は別れた。さきほどと同じように別々に聞き込んだ方が埒《らち》が明くと思ったのである。

茂次は吉野屋の裏手へまわった。これまで、近所の店に立ち寄って聞き込んでいたので、今日は店の奉公人に直接訊いてみようと思ったのだ。

直接といっても、店に入って奉公人に訊くわけはいかなかった。それで、裏口から出てくる女中か下働きの者をつかまえて、それとなく訊こうと思った。

茂次は裏路地の芥溜《ごみた》めの陰に身をかがめた。そこから、吉野屋の裏口が見える。芥溜めからは、饐《す》えたような嫌な臭いがただよってきた。茂次は我慢して身を隠していたが、話を訊けそうな者はなかなか出てこなかった。

一刻（二時間）ちかくもいたろうか。茂次が嫌な臭いに辟易《へきえき》して、その場を離れようとしたときだった。

吉野屋の裏口の引き戸があいて、笊《ざる》を小脇に抱えた女が出てきた。女中らしい。下駄を鳴らして、こちらに近付いてくる。どうやら、台所から出た芥を笊に入れて捨てにきたらしい。

大年増《おおどしま》の痩せた女だった。面長で目が細かった。色が浅黒く、狐を思わせるような顔である。

「姐《あね》さん、ちょいと」

茂次は、芥溜めの陰から出て声をかけた。

「な、なんだい、藪から棒に」

女は驚いたように目を剝《む》いて足をとめた。笊のなかには大根の皮や腐りかけた菜っ葉が入っていた。女は台所で手伝っていたのであろう。

「姐さんですかい、お静《しず》さんてえのは？」

茂次は適当な名を口にした。茂次が聞き込みのさい、ときどき使う手である。

「あたし、お富《とみ》だよ」

女は不審そうな目を茂次に向けた。

「姐さんじゃァねえのか。……実は、あっしの仲間の忠吉《ちゆうきち》ってえのが、吉野屋さんに奉公してるお静さんてえ女《ひと》にべた惚れでしてね」

茂次はもっともらしい作り話をした。

「吉野屋さんには、お静なんてひとはいないよ」

そう言って、お富は芥溜めに笊の芥を捨てた。

「あれ、お静さんじゃァなかったかな。あっしが、聞きちがえたかな。なに、ほっそりしたうりざね顔のいい女だというんで、てっきり姐さんかと思いやしたぜ」

茂次は、それとなくお富を褒《ほ》めてやった。

「あたしじゃァ、ないよ」

そう言いながらも、お富は顔を赤らめて目を細めた。まんざらでもないようである。

「お富さんは、忠吉と表通りで会わなかったかい」

茂次が訊いた。なんとか、お富を丸め込み、康兵衛たちのことを聞き出そうと思ったのである。

「覚えてないけど。忠吉さんてどんな男《ひと》だい」

お富は、忠吉に興味を持ったようだ。

「忠吉は大工でね。まだ独り者で、腕もいいんでさァ。……それが、ちかごろ仕事が手につかねえ。お富さんのことが気になってよ」

茂次は、巧みにお静をお富とすり替えた。

「あたしじゃないってば……」

お富は空の笊を抱えたまま身をよじった。顔がさっきより赤くなっている。

「忠吉は、お富さんに連れ合いがいるのか気にしてやしてね。あっしに、聞いてきてくれって言うんでさァ。それで、こうしてね」

「あたしは独り者だけど……。その話、あたしじゃァないよ」

「忠吉は、お富さんが、店の磯次郎ってえ手代といっしょに歩いているのを見たそうでさァ」

茂次は磯次郎の名を出した。

「嫌だァ。磯次郎さんには、いい女《ひと》がいるのよ。それに、磯次郎さん、あまり店にはいないし、あたしと話をすることもないんだから」

女は、また身をよじりながら言った。

「磯次郎さんには、いい女がいるのかい」

「大きい声じゃァいえないけどね。伊勢町《いせちょう》の道浄橋《どうじょうばし》のそばに、萩乃屋《はぎのや》っていう小料理屋があるのよ。その女将とできてるらしいの」

お富が茂次に身を寄せてささやいた。すっかり、打ち解けている。

しめた、と茂次は胸の内でほくそ笑んだ。磯次郎は萩乃屋に出入りしているようだ。それに、萩乃屋が間宮や玄仙たちとの密談や連絡の場所になっているかもしれない。伊勢町は十軒店町から近いので、連絡や密談に使うにはちょうどいい店だろう。

それから、茂次は番頭の熊蔵やあるじの康兵衛のことも訊いたが、お富は急に口をひらかなくなった。さすがに、茂次の話に疑いを持ったようである。

「お富さん、忠吉に会ったらよろしくな」

そう言い残し、茂次は足早にお富から離れた。

　お富は、笊を抱えたまま不審そうな顔で去っていく茂次の背を見つめている。

　暮れ六ッ（午後六時）の鐘が鳴るころになって、茂次は三太郎と顔を合わせた。

「だめでさァ。何も出てこねえ」

　三太郎が肩を落として言った。

　三太郎によると、近くの生薬屋や薬種問屋の奉公人にそれとなく訊いたが、耳にしたのは、吉野屋と元福丸の悪口ばかりだったという。

「おれの方は、磯次郎の塒《ねぐら》が分かったぜ」

　茂次はお富から聞き出した萩乃屋のことを話し、

「萩乃屋を探れば、何か出てくるはずだ」

　そう言って、夕闇にとざされた十軒店町の町筋を睨むように見すえた。

第四章　髪結《かみゆい》磯次郎

一

どんより曇っていた。いまにも、雪でも落ちてきそうな雲行きである。源九郎は小桶をかかえ、首をすくめながら歩いた。長屋の井戸端で、顔を洗ってきたのである。

家の腰高障子をあけてなかに入ると、いくらか暖かかった。火鉢に火の気があり、鉄瓶から白い湯気が上がっていたからである。

源九郎は、茶でも淹《い》れようと思った。急須《きゅうす》と湯飲みを手にして火鉢のそばに膝を落とし、鉄瓶の湯をそそいだ。

湯飲みを両手でつつむように持ち、一口すすったとき、戸口に近付いてくる足音が聞こえた。重い足音である。男のようだ。

腰高障子があいて顔を出したのは、俊之介だった。顔に困惑しているような暗い翳《かげ》が張り付いている。

「どうした、俊之介」

思わず、源九郎は腰を浮かした。一瞬、新太郎か八重が風邪《かぜ》で死んだのではないか、との思いが脳裏をよぎったのだ。

「なかなか風邪が治らなくて……」

俊之介が、土間に立ったまま言った。

「ともかく、ここに来て手でも焙れ。そこは、寒かろう」

源九郎は、ふたりの孫の命に別条はないようだ、と思ったが、風邪はよくなっていないらしいと分かり、けわしい顔をくずさなかった。

俊之介が座敷に上がり、火鉢の前に腰を下ろすと、源九郎が、

「熱い茶を淹れよう」

と、言って立ち上がり、湯飲みを流し場から持ってきて、俊之介に茶を淹れてやった。

源九郎は俊之介が茶をすすり、頬が赤らんできたのを見てから、

「新太郎と八重は、よくないのか」

と、あらためて訊《き》いた。

「新太郎はだいぶよくなったんですが、八重はまだ……。それに、今度は君枝がひいたらしくて」

俊之介によると、八重はまだ熱が高く、咳やくしゃみがとまらないという。一方、君枝は三日ほど前から咳をし始め、熱もあるそうだ。

「かわいそうに、八重はまだちいさいからな」

源九郎は、赤子の八重が熱で顔を赤くし、咳やくしゃみをしている姿を思い浮かべると、胸が痛んだ。

「君枝は、まだ寝込むほどではないようですが、ちかごろ心労も重なって、元気がないんです」

そう言う俊之介も肩を落とし、ひどく憔悴《しょうすい》しているように見えた。俊之介も看病の疲れと心労で、まいっているようだ。

「東庵どのに、診てもらったのではないのか」

源九郎が声をあらためて訊いた。

「はい、薬もいただきまして、飲ませています」

「効かぬのか」

「いえ、新太郎には効いたようです。だいぶ、快復してきましたから」

「どんな薬でも、すぐには治らん。いずれ、八重や君枝にも効いてくるはずだ」

源九郎は、どんな病《やまい》も薬の力だけで治すのはむずかしいと思っていた。本来、病と戦うのは体なのである。薬は、体の助けをするだけなのであろう。

「わたしもそう思いますが、君枝が……」

そう言って、俊之介が視線を膝先に落とした。

「君枝が、どうかしたのか」

源九郎が俊之介に目をやった。

「どこかで噂を耳にしていたらしく、祈禱《きとう》を頼みたいと言い出して……」

「祈禱だと！　まさか、玄仙ではあるまいな」

「その玄仙でして」

「なに！」

源九郎は驚いた。俊之介の口から玄仙の名が出るとは思わなかったのである。

「君枝が、玄仙の祈禱のお蔭で子供の風邪がたちどころに治ったという話を聞いて、うちでも頼みたいと言い出したのです」

「ならん。玄仙だけは、駄目だ」

めずらしく、源九郎が声を荒らげた。

俊之介は息を呑んで、源九郎を見つめた。源九郎が激昂《げっこう》したので驚いたようだ。

「玄仙の祈禱は、子供の病を悪くするだけだ。体力のない赤子だと、命取りになるぞ」

源九郎は、峰吉の子の徳助が死んだ経緯を子細に話した。

「そんなことがあったんですか」

俊之介が小声で言った。

「だから、玄仙だけは駄目だ」

「ですが、君枝は信じ込んでいますし……。それに、君枝は何かに頼らないと心配でしかたがないんです」

俊之介が困惑したように眉宇《びう》を寄せた。

「わしにも、君枝の気持ちは分かる」

頭ごなしに、玄仙の祈禱は駄目だ、と言っても、君枝は素直に聞く耳は持たないだろう。母親は子供のことになると夢中になって、かえって目が見えなくなることあるのだ。

「俊之介、こうしたらどうだな。聞くところによると、浅草寺の病魔退散の御札は霊験あらたかでな、病人の名を書いた紙を重ねて枕元に置き、朝夕七度ずつ病《やまい》快癒《かいゆ》を念ずれば、どのような難病も本復することまちがいないそうだ。……試してみたらどうだ。病魔退散御札がなければ、万病除去でも御家安泰でもいいそうだぞ」

源九郎は、思いついたことを口にしただけである。浅草寺に病魔退散と記した御札があるかどうかさえ知らない。万病除去と御家安泰も、頭に浮かんだ言葉を口にしただけである。ただ、病にかかわる御札は何かあるだろう。

「……」

俊之介は戸惑うような目をして、源九郎を見た。源九郎の話は、眉唾物だと思ったようだ。

「俊之介、浅草寺でなくとも、深川の八幡さまの御札でもいいそうだ。ともかく、ふたりで四、五日、やってみろ。……ふたりでだぞ。そうすれば、君枝の心は落ち着くはずだ」

夫である俊之介と心をひとつにして、何かを念ずるだけで、君枝の心は軽くなるはずだった。それに、四、五日経てば、多少なりとも東庵の薬が効いて快方に向かってくるだろう。

「分かりました。やってみます」

俊之介の顔が、いくぶんやわらいだ。源九郎の狙いが分かったのであろう。

それだけ話すと、源九郎は立ち上がり、神棚の上に置いてあった財布を手にした。そして、一分銀を四枚取り出すと、

「俊之介、薬代につかってくれ」

と言って、俊之介の膝先に置いた。

源九郎は、俊之介がわざわざ長屋に足を運んできたのは、高額な祈禱料を何とか工面しようと思ったからではないかと推察したのだ。玄仙を頼むための金は渡せないが、薬代ならいくら出しても惜しくはない。

「父上、金子《きんす》はいただいておりますので」

俊之介は躊躇《ちゆうちよ》した。

「君枝もかかったとなれば、薬代もかさむだろう」

源九郎が、気にせず、取っておけ、と言い添えると、俊之介は膝先の一分銀に手を伸ばした。

「父上も、風邪をひかぬよう用心してください」

俊之介は土間に立って言った。

「わしは、体だけは丈夫でな。風邪の方で逃げていくらしい」

源九郎は苦笑いを浮かべた。

「また、来ますよ」

そう言い残し、俊之介は戸口から出ていった。

源九郎は上がり框《がまち》に立ったまま遠ざかっていく俊之介の足音を聞きながら、

……病は体だけでなく、人の心も冒すようだ。

と、胸の内でつぶやいた。

二

「華町の旦那、あれが萩乃屋でさァ」

茂次が半町ほど先の小体《こてい》な店を指差して言った。洒落《しやれ》た感じのする店で、戸口に小綺麗な暖簾《のれん》がかかり、格子戸の脇には掛け行灯《あんどん》があった。

俊之介が長屋に来た三日後、源九郎は茂次と三太郎を連れて、伊勢町の道浄橋のそばに来ていた。道浄橋は日本橋川につづく掘割にかかっている橋である。

七ツ（午後四時）ごろだった。陽は西の空にまわり、掘割の水面は夕陽を映して茜色《あかねいろ》に染まっていた。その掘割を、米俵や魚を入れた木箱を積んだ猪牙舟《ちょきぶね》が行き来している。

掘割沿いの通りは人通りが多かった。ぼてふり、印半纏《しるしばんてん》を来た船頭、米俵を積んだ大八車を引く人足などが目立つ。魚河岸と米河岸が近かったのだ。

源九郎たち三人は通行人をよそおって、萩乃屋の前を通った。店先に暖簾は出ていたが、ひっそりとしていた。まだ、客はいないのかもしれない。

「それで、磯次郎は萩乃屋にいるのか」

店先を通り過ぎてから、源九郎が訊いた。

「いると思いやすが、はっきりしやせん」

茂次が言った。

茂次と三太郎は、十軒店町へ出かけて萩乃屋の女将が磯次郎の情婦《いろ》らしいことをつかんだ後、日をあらためて伊勢町へ足を運んできた。そして、萩乃屋の周辺で聞き込んだ結果、磯次郎は萩乃屋に寝泊まりし、吉野屋には三日に一度ぐらいしか顔を出さないことが分かった。

茂次が睨《にら》んだとおり、萩乃屋が密会や連絡場所になっているらしく、康兵衛と熊蔵は頻繁に顔を出すという。また、ときおり間宮らしい牢人も姿を見せるとのことだった。

茂次と三太郎は、磯次郎の顔も拝んでいた。萩乃屋の近くで通りかかった船頭に話を訊いているとき、ちょうど磯次郎が萩乃屋から出てきて、あいつが磯次郎でさァ、と教えてくれたのである。

茂次たちから話を聞いた源九郎は、磯次郎を尾《つ》けて、間宮や玄仙の塒《ねぐら》をつきとめようと思った。尾行は、茂次と三太郎にまかせるしかなかったが、その前に自分の目で萩乃屋と磯次郎がどんな男か見ておきたかった。それで、ふたりを連れて伊勢町へ足を運んできたのである。

「しばらく、店先を見張ってみるか」

源九郎は、磯次郎だけでなく間宮や玄仙が顔を出すかもしれないと思ったのだ。

「旦那、あの桟橋はどうです」

茂次が掘割の半町ほど先にある桟橋を指差した。ちいさな桟橋で、猪牙舟が三艘舫《もや》ってあるだけである。

「桟橋は寒いぞ」

川面を渡ってきた風は、ことのほか冷たいはずである。それに、店先を見張るとなると長丁場になるだろう。それこそ、風邪をひきかねない。

「あそこはどうだ」

萩乃屋の道をへだてた斜向《はす》かいに料理屋があった。掛け行灯に、島田屋《しまだや》と記してあった。二階が客を入れる座敷になっているらしく、障子が立ててあった。その座敷から、萩乃屋の店先が見えるはずである。

「一杯《いっぺえ》、やりながらですかい」

茂次が声を上げ、三太郎も目を細めた。

「まァ、そうだ」

源九郎の懐《ふところ》には、まだ三人で飲むほどの金は残っていた。それに、今回は茂次と三太郎にも出させるつもりだった。ふたりにも、十両の金が渡してあったのだ。

「旦那、あっしらも出しやすぜ」

茂次が懐をたたいて言った。源九郎の胸の内を読んだのかもしれない。

「そうしてくれ」

源九郎は料理屋の方へ歩きだした。

島田屋の暖簾をくぐり、応対に出た女将に、

「二階の隅の座敷はあいているかな」

と、源九郎が訊いた。隅の座敷が萩乃屋に一番近かったのである。

「あいてますよ。まだ、お客さんは、一組ですから」

色白の女将は愛想良く言って、源九郎たちを二階に案内した。

源九郎たちが二階の隅の座敷に腰を下ろしていっときすると、女将と女中が酒《しゅ》肴《こう》の膳を運んできた。

「おひとつ、どうぞ」

女将が銚子を取って、源九郎の杯に酒をついでくれた。

「ところで、女将、斜向かいにある萩乃屋を知っているかな」

源九郎は、それとなく磯次郎や康兵衛のことを訊いてみようと思った。

「はい、女将のお初《はつ》さんとは顔見知りですから」

女将によると、通りで顔を合わせたおりに話をする程度の仲だという。

萩乃屋の女将はお初という名らしい。

「いや、わしも、二度ほど萩乃屋に行ったことがあってな。磯次郎という色男がいるだろう」

「はい、髪結《かみゆい》の磯さんでしょう」

そう言って、女将が笑みを浮かべた。

「髪結だったのか」

「はい」

女将によると、お初は髪結磯さん、とか髪結の磯次郎さんとか呼んでいるそうである。それというのも、磯次郎は若いころまわり髪結をしていたことがあり、ときおりお初の髪を結ってやっているという。

「あのふたり仲がいいんですよ。だから、旦那が手を出しても駄目」

女将が茶化すような口調で言った。

「この年寄りが、手を出すも出さないもないだろう」

源九郎は、苦笑いを浮かべながら杯をかたむけた。

女将は膝をずらせて茂次と三太郎にも酒をつぎ、いっとき話すと、ゆっくりやってくださいまし、と言い残して座敷を後にした。

それを待っていたかのように茂次が腰を上げて、隅の障子を一尺ほどあけて、萩乃屋に目をやった。

「あっしが、しばらく見てやすから、ふたりでやっていてくだせえ」

そう言って、茂次は障子の脇に座り込んだ。

「茂次、飲みながら見張れ」

源九郎は銚子と杯を茂次の脇に持っていってやった。

「そうしやす」

茂次は、ときおり杯をかたむけながら萩乃屋の店先に目を向けた。

しばらくして、茂次と三太郎が入れ替わった。三太郎が障子のそばに腰を下ろして、すぐだった。

「き、来た！」

と、三太郎が声をつまらせて言った。

「来たか」

茂次が飛び付くような勢いで、障子の間から目をやった。源九郎も立ち上がり、三太郎の肩越しに外を覗いた。

「旦那、前を行く弁慶格子《べんけいごうし》の着物を着流しているのが、磯次郎ですぜ」

茂次が言った。

ふたり連れだった。ひとりは遊び人ふうで、もうひとりは大柄で商家の旦那ふうの男だった。

「あやつ、わしをつけまわした男だ！」

源九郎が声を上げた。

中背で痩身。身辺に敏捷《びんしょう》そうな雰囲気がただよっている。繁田屋からの帰りに源九郎たちを尾け、さらに、竪川沿いで牢人といっしょに襲ってきた男である。

「旦那、後ろのやつが康兵衛でさァ」

「あやつが、康兵衛か」

五十がらみで、大柄な男だった。上から見下ろしているので、はっきり見えなかったが、頤《おとがい》の張った浅黒い顔の男である。康兵衛は唐桟《とうざん》の羽織に細縞の小袖姿だった。いかにも、大店《おおだな》の旦那といった身装《みなり》である。

磯次郎と康兵衛は、慣れた様子で萩乃屋へ入っていった。

三

「旦那、もうひとり来た」

三太郎が声を上げた。

磯次郎と康兵衛が萩乃屋に入って間もなく、番頭ふうの男が店先に姿を見せた。黒羽織に地味な茶色地の小袖姿だった。長身ですこし猫背である。

「やつは、熊蔵ですぜ」

茂次は熊蔵の顔は見ていなかったが、体軀《たいく》や人相は聞いていたという。

熊蔵は萩乃屋の店先で足をとめ、通りの左右に目をやってから暖簾をくぐった。

「どうやら、萩乃屋で顔を合わせて密談でもするようだな」

「どうしやす」

三太郎が訊いた。

「もうすこし様子を見よう」

源九郎は、間宮や玄仙も顔を出すのではないかと思ったのである。

源九郎たち三人は座敷に座りなおし、酒を飲みながら萩乃屋の店先を見張った。時とともに夜陰が濃くなり、掘割沿いの通りは寂しくなってきた。人影もまばらである。萩乃屋の店先の行灯の灯《ひ》が、通りをぼんやりと照らしている。

「間宮や玄仙は、姿を見せないな」

すでに、熊蔵が萩乃屋に入って、半刻（一時間）以上経つ。源九郎たちの酒も進んで、酔いが体にまわってきた。

「旦那、踏み込んで三人を押さえやすかい」

茂次が言った。

「そんなことはできん」

康兵衛や熊蔵を捕縛するのは、町方の仕事である。いかがわしい元福丸や玄仙の祈禱はともかく、康兵衛一味が峰吉や良沢を殺したことがはっきりすれば、町方がお縄にするだろう。

「今日のところは、引き上げるか」

康兵衛と熊蔵が出てきても、吉野屋へ帰るだけだろう。それに、源九郎たちは、ずいぶん飲んでいた。これ以上、ねばるわけにもいかなくなっていたのである。

源九郎たちは金を払って、島田屋を出た。

外は冷え冷えとしていた。頭上で、寒月が皓々《こうこう》とかがやいている。体が凍りつくようだった。せっかくの酔いも体の芯だけで、体が寒さに固まっている。源九郎たちは首をすくめ、寒さから逃れるように急ぎ足で歩いた。地面に落ちた短い影が、はずむようについてくる。

「茂次、三太郎」

源九郎が、夜の帳《とばり》につつまれた町筋を歩きながら声をかけた。

「なんです」

「明日、磯次郎を押さえよう」

源九郎は、いつあらわれるか分からない間宮や玄仙の跡を尾けて塒をつきとめるのは容易ではないと思った。若い茂次や三太郎でも、この寒さのなかの張り込みはこたえるだろう。それより、磯次郎を押さえて、口を割らせた方が早いと思ったのだ。

「そいつは、いい」

茂次が言うと、三太郎も、この寒さじゃァ、こたえやすからね、と本音を洩《も》らした。

「舟が用意できるか」

「舟を使うんですかい」

茂次が怪訝《けげん》な顔をした。

「そうだ。磯次郎を連れていくのにな」

まさか、萩乃屋の近くの通りで、磯次郎を痛めつけて吐かせるわけにはいかなかった。磯次郎の身柄をどこかに移す必要がある。夜とはいえ、日本橋通りを連れ歩くことはできないだろう。となると、舟を使うしかないのだ。

「金さえ出せば、舟も借りられまさァ」

茂次が、懐に手を当てて言った。茂次の懐には、まだ金が残っているらしい。

三人はそんな話をしながら、日本橋の通りを抜け、両国橋のたもとまで来ていた。はぐれ長屋のある相生町はすぐである。

翌日の夕暮れ時、はぐれ長屋に近い竪川の桟橋から、四人の男が猪牙舟で大川に向かった。源九郎、茂次、三太郎、それに菅井である。源九郎から話を聞いた菅井は、おれも行く、と言って、同行したのだ。

艫《とも》に立って櫓《ろ》を漕ぐのは茂次である。舟は近所に住む船宿の船頭に銭を渡して借りてきたのだ。

四人の乗る舟は、大川へ出ると対岸の日本橋に水押《みおし》を向けた。大川を横切った舟は、しばらく日本橋川をさかのぼり、江戸橋の手前の掘割に入った。米河岸のある掘割で、いっとき進むと道浄橋が見えてきた。

米河岸と魚河岸がちかいせいもあって、日中は荷を積んだ舟が盛んに行き来している掘割だが、陽の沈んだいまは舟もほとんど見られなかった。水押が水面を切る音が、やけに大きく耳にひびく。

「あの桟橋に着けてくれ」

源九郎が茂次に声をかけた。昨日見ておいた萩乃屋の近くにある桟橋である。猪牙舟が三艘舫ってあるだけだった。付近に人影はなく、掘割の水面が西の空の残照を映して、にぶい鴇色《ときいろ》にひかっている。

茂次は船縁を桟橋に横付けした。そして、源九郎たちが桟橋に下りるのを見てから舫い綱を杭にかけ、桟橋へ飛び下りた。

「あれが、萩乃屋だよ」

源九郎が指差した。

桟橋から萩乃屋の店の屋根だけが見えた。

「踏み込むか」

菅井が目をひからせて言った。

「まず、磯次郎が萩乃屋にいるかどうかだな」

磯次郎がいなければ、萩乃屋に踏み込んでもどうにもならない。

「あっしがみてきやしょう」

そう言い残し、すぐに茂次が桟橋から通りへ出る石段を駆け上がった。

しばらく待つと、茂次がもどってきた。走ってきたせいか、顔がいくぶん紅潮している。

「やつは、いやすぜ」

茂次が声をつまらせて言った。茂次によると、戸口に身を寄せて店内の様子をうかがうと、女と男の会話が聞こえ、女が、磯さん、と口にしたのが耳にとどいたという。

「踏み込むか」

源九郎が言うと、今度は菅井が、

「待て」

と、言ってとめた。

「磯次郎は、華町の顔を知っているのではないか」

「知っているはずだ」

磯次郎は源九郎を尾けていたし、竪川沿いで牢人といっしょに襲ってきてもいた。当然、源九郎のことは知っているだろう。

「ならば、おれが行く」

菅井が当然のような顔をして言った。

「あっしも行きやしょう」

茂次が言った。

「茂次も、顔を知られているかもしれんぞ」

源九郎が言った。繁田屋からの帰りに尾行されたとき、茂次と三太郎もいっしょだったのだ。

「なに、手ぬぐいで頬っかむりすりゃァ分からねえはずだ」

茂次が懐から手ぬぐいを出して頬っかむりした。

辺りはだいぶ暗くなっていたので、すこし離れると顔はほとんど見えなかった。

「それでは、わしと三太郎とで裏口をかためるか」

菅井たちに気付いた磯次郎が、裏口から飛びだすかもしれない。

四

菅井と茂次は、萩乃屋の戸口へ足を忍ばせて近寄った。萩乃屋の手前が、下駄屋らしかった。店仕舞いした軒下に下駄の看板が下がっていた。洩れてくる灯もなく、ひっそりと寝静まっている。

菅井たちは、その下駄屋の軒下闇に身を隠した。

「萩乃屋のなかにいるのは、女将と磯次郎だけか」

菅井が小声で訊いた。

「はっきりしやせん」

茂次が、男女の話し声と女の磯さんと呼ぶ声を聞き取っただけなのだ。

「他に客がいると面倒だな」

菅井は、店内に踏み込むと大騒ぎになるだろうと思った。その騒ぎにまぎれて、取り逃がす恐れもあった。

「あっしが、磯次郎を戸口まで呼び出しやしょうか」

茂次が言った。

「そんなことができるのか」

「なんとかやってみやしょう。菅井の旦那は、戸口の脇にいて、やつが出てきたら取り押さえてくだせえ」

「分かった」

ふたりは、足音を忍ばせて萩乃屋の戸口に近寄った。

「旦那、行きやすぜ」

茂次は菅井をその場に残し、格子戸をあけた。

店のなかは、薄暗かった。狭い土間の先が座敷になっていて、間仕切の屏風が置いてあった。隅に火の点《とも》った燭台があり、淡いひかりで座敷をつつんでいた。客はふたりいた。座敷の隅で酒を飲んでいる。黒の半纏に股引姿だった。大工か職人であろう。磯次郎ではないらしい。

ふたりの客のそばに、色白の年増《としま》が座り、酌をしていた。女将のお初であろう。

「あら、いらっしゃい」

お初らしき女は茂次を目にとめると、すぐに腰を浮かせた。客と思ったようだ。

茂次は、お初らしき女が近付くのを待って、

「女将さんかい」

と、訊いた。

「はい、お初です」

女は、甘い鼻声で言った。うりざね顔で、形のいいちいさな唇をしていた。なかなかの美形である。

「磯次郎さんは、いるかい」

茂次が急に声を落として言った。

「あんた、だれだい」

お初の顔がこわばった。顔に警戒の色がある。

「ちょいと、吉野屋さんで言伝《ことづて》を頼まれてな。熊蔵兄いからだ、と言ってもらえば、分かるはずだ」

茂次は熊蔵の名を出した。お初は、熊蔵のことを知っているはずである。

「ちょっと待っておくれ。いま、呼んでくるから」

そう言い残し、お初はすぐに奥へ向かった。

奥といっても、客を入れる座敷の脇の狭い板敷の間である。そこが、流し場になっているらしかった。

そこに、磯次郎はいた。片襷《かただすき》をはずしながら、茂次のそばに近寄ってきた。店を手伝って、流し場で洗い物でもしていたのかもしれない。

「だれだい、おめえは」

磯次郎は茂次を睨みながら訊いた。茂次とは気付かないようだ。

「松次《まつじ》といいやす。むかし、熊蔵兄いに世話になった男でして」

茂次は偽名を口にした。むろん、熊蔵に世話になったというのは嘘である。

「松次だと、知らねえなァ」

「三年ほど江戸を離れていやしたんで、分からねえでしょうよ。……熊蔵兄いに、磯次郎さんに渡せと言われやしてね。持ってきたんでさァ」

「何を持ってきたんだ」

磯次郎の顔には不審の色があったが、頭から疑っている様子でもなかった。

「見てもらえば分かりやす。ちょいと、重い物で店の戸口に置いてありまさァ」

「店の戸口だと」

「へい。……見てくだせえ」

茂次は磯次郎を巧みに店の外へ誘った。

「いったい何を持ってきたんだ」

磯次郎は茂次の後についてきた。すでに、お初はふたりの客の席にもどっている。

茂次は格子戸をあけ、菅井のひそんでいる方に体を向けながら、

「これでさァ」

と、闇を指差した。闇に目が慣れると、すぐ脇に菅井が身を隠しているのが分かった。

「どれだ」

磯次郎は戸口から外へ出た。

「いい物でしょう」

茂次がもっともらしく言った。

「何も、ねえじゃァねえか」

言いざま、茂次の指差した方に歩きかけたときだった。

夜陰のなかで、シャッ、という刀身の鞘走る音がし、黒い人影が躍り、大気が揺れた。次の瞬間、切っ先が磯次郎の喉元につけられていた。菅井が、居合で抜きつけたのである。まさに、神速の抜刀だった。

「動くな！」

菅井の姿が、ぬっと闇から浮き上がった。

「な、なんだ、てめえは！」

磯次郎が声を震わせて言った。怒りと恐怖であろう。顔の血の気が失《う》せ、目がつり上がっている。

「茂次、猿轡《さるぐつわ》をかませろ」

菅井が切っ先を突きつけたまま言った。

「へい」

茂次が頬っかむりしていた手ぬぐいを取った。

「てめえは、伝兵衛長屋の」

どうやら、茂次が何者か分かったようである。

「命が惜しかったら、おとなしくしな」

そう言って、茂次は磯次郎の後ろにまわって猿轡をかました。さらに、磯次郎の両腕を後ろへまわして細引で縛り上げた。念のためである。

「おれといっしょに来い」

菅井が言ったが、磯次郎は動かなかった。

その場に凍りついたようにつっ立ったまま身を硬くしている。

「嫌なら、ここで首を落とすだけだ」

菅井が、切っ先を磯次郎の首筋に当てて軽く引いた。

ビクン、と磯次郎が身をのけぞらせた。首筋に赤い筋がはしり、タラタラと血が流れ落ちた。

「歩け！」

そう言って、菅井が背中を押すと、磯次郎はビクビクと身を顫《ふる》わせて歩きだした。

五

「茂次、舟を出してくれ」

源九郎が言った。

猪牙舟には、源九郎、菅井、茂次、三太郎、それに捕らえた磯次郎が乗っていた。菅井と茂次は、磯次郎を舟に乗せた後、茂次だけが萩乃屋にもどり、裏口を見張っていた源九郎と三太郎を連れ戻したのだ。

「どこへ連れて行きやす」

艫に立って櫓を握った茂次が訊いた。

「そうだな。こう冷えていては、舟の上で話を聞くわけにもいかんな。……わしの家でいいか」

夜更である。大声さえ上げなければ、長屋でも話は聞けるだろう。

「一杯、やりながらだな」

菅井が声を上げた。

「それがいい」

源九郎も、すぐに同意した。

「舟を出しやすぜ」

茂次が舫い綱をはずし、舟を桟橋から離した。

はぐれ長屋は、洩れてくる灯もなく寝静まっていた。夜の帳が四棟の長屋を押しつつんでいる。話し声も物音もしなかったが、子供らしい軽い咳とくしゃみ、それに赤子の泣き声などがかすかに聞こえてきた。風邪で寝付けない子供や赤子が、何人もいるにちがいない。

源九郎は身震いした。寒さのせいばかりではなかった。深い闇のなかで、赤子や子供の咳や泣き声を聞いていると、目に見えない流行《はやり》風邪の病魔が、長屋にひたひたと忍び寄ってきているような不気味さを覚えたのである。

「ここだ、入れ」

源九郎は家の腰高障子をあけた。

家のなかは漆黒《しっこく》の闇につつまれていた。火の気はなく、肌を刺すような寒気が座敷をおおっている。

「すぐに、行灯に火をいれる」

源九郎は土間から手探りで、座敷に上がり、行灯の側に置いてある木箱から火打ち石を取り出して、火を点《つ》けた。

炎が漆黒の闇を追い払い、座敷がよみがえったように明らんだ。源九郎たちの顔が浮かび上がり、長い影が粗壁に伸びて揺れている。

「そこに、座れ」

菅井が磯次郎を座敷のなかほどに座らせた。

「華町、酒はあるか」

菅井が訊いた。

「あったはずだが」

源九郎は流し場へ行き、棚の上に置いてあった貧乏徳利を手にした。まだ、だいぶ残っていた。四人が酔うほどはないが、体を暖めることはできるだろう。

「華町の旦那、あっしが湯を沸かしやしょうか」

三太郎は、ここで、自分のやることはないと思ったようだ。

「そうしてくれ」

竈《へっつい》に火を焚《た》けば、それだけでも暖かくなるはずだった。

菅井は貧乏徳利の酒を湯飲みにつぎ、喉を鳴らして一気に飲み干した後、大きく息を吐いた。

「さて、やるか」

そう言って、菅井が手にした刀を抜いた。

源九郎は菅井の脇に座して、磯次郎に目を向けている。いつもの人のよさそうな茫洋《ぼうよう》とした顔付きではなかった。表情がひきしまり、行灯の灯を映した双眸《そうぼう》が熾火《おきび》のようにひかっている。

「茂次、猿轡を取ってやれ」

菅井が切っ先を磯次郎の首筋に突き付けて言った。

「へい」

と応じて、茂次が猿轡を取った。

磯次郎は声を上げなかった。血の気が引いて、肌が乾いたように白くなっていた。おどおどと視線が揺れている。

「磯次郎、竪川沿いでわしの命を狙ったな」

源九郎が訊いた。

磯次郎は口をとじたまま ちいさくうなずいた。本人を前にして、否定のしようがなかったのであろう。

「いっしょにいた牢人の名は」

「し、知らねえ」

磯次郎が声を震わせて言った。まだ、しゃべる気にはなっていないようだ。

「いまさら隠すことはあるまい。おまえは、わしを殺そうとした。それだけでも、ここで斬り殺されても文句は言えないのだぞ」

源九郎の声は静かだったが、相手を威圧するほどの凄《すご》みがあった。

磯次郎は、口をとざしたまま源九郎から視線を反らせてしまった。体が小刻みに顫えている。

「もう一度訊く、牢人の名は」

源九郎がそう言ったとき、菅井が切っ先を磯次郎の首筋に当てた。

ヒッ、と喉のつまったような悲鳴を洩らし、磯次郎は首を伸ばしたまま身を硬くした。

「牢人の名は」

源九郎の声が鋭くなった。

「ま、間宮半兵衛さま……」

磯次郎が絞り出すような声で言った。

「やはり、そうか。なにゆえ、わしの命を狙ったのだ」

「よ、吉野屋を、探っていたからだ」

　磯次郎が声を震わせて言った。

「探られて、まずいことでもあるのか」

「商いの邪魔をするやつらの仲間かと思ったのだ」

「良沢どのたちの仲間と思ったのだな」

「そ、そうだ」

「良沢どのを斬ったのは間宮か」

　源九郎が訊くと、磯次郎は戸惑うように視線を揺らした後、

「……そうだ」

　と、小声で答えた。

「間宮の隠れ家は、どこだ」

　源九郎は、自分の手で間宮を斬りたかった。良沢の敵を討ってやりたい気持ちにくわえ、ひとりの剣客として、間宮と勝負を決したかったのである。

「借家らしい……」

　磯次郎は言いにくそうに語尾を濁した。

「どこの借家だ」

「亀井町《かめいちょう》だと聞いたことがある」

磯次郎が小声で言った。亀井町は牢屋敷のある小伝馬町《こでんまちょう》の隣町である。

「亀井町のどこだ」

「し、知らねえ。おれは、間宮の旦那の塒には行ったことがねえんだ。嘘じゃァねえぜ。間宮の旦那には、いつも房吉《ふさきち》が連絡を取ってるんだ」

磯次郎が顔を上げ、一気にしゃべった。

「房吉という男は」

源九郎は初めて耳にする名だった。

「親分や熊蔵兄いの使《つか》いっ走《ぱし》りをしてる男でさァ」

磯次郎によると、房吉は康兵衛の子分で、ふだんは吉野屋の手代をしているという。手代といっても薬はあつかわず、下働きのような仕事をしていることが多いそうだ。

源九郎が口をつぐんでいると、菅井が、

「華町、一杯やれ」

と言って、貧乏徳利の酒を湯飲みにつぎ、手渡してくれた。

源九郎は、喉を鳴らして五勺ほどの酒を一気に飲んだ。旨《うま》かった。空腹のせいもあって、臓腑に染み渡るようである。

菅井は片手で刀を持ち、切っ先を磯次郎にむけたまま片手で酒を飲んでいた。般若《はんにゃ》のような顔が赭黒《あかぐろ》く染まっている。

六

「ところで、峰吉を殺したのは、おまえか」

源九郎が湯飲みを膝先に置いて、磯次郎に訊いた。酒気が染み渡り、冷えていた体が暖まってきた。

「お、おれじゃァねえ」

磯次郎が声を上げた。

「峰吉は、棒のような物で殴り殺されたのだ。そんなことをするやつは、おまえぐらいしかおるまい」

間宮が殺《や》ったとは思えなかった。下手人は刀を遣わない町人のはずである。

「げ、玄仙だ」

磯次郎が声をつまらせて言った。

「修験者か」

「玄仙が、金剛杖《こんごうづえ》で殴り殺したのだ」

「そうだったのか」

金剛杖は、修験者が持ち歩いている八角の杖である。

峰吉は玄仙に祈禱を頼み、結果的にその祈禱が徳助の命を奪ったと思ってい
た。そのため、玄仙を恨み、良沢たちとともに玄仙の祈禱はまやかしだと喧伝《けんでん》し
ていたのだ。玄仙にすれば、殺してでも峰吉の口をとざしたかったにちがいな
い。

「それで、玄仙の塒は」

源九郎が声をあらためて訊いた。

「間宮の旦那と同じだよ。おれは、富沢町の借家だと聞いているだけだ」

日本橋富沢町は浜町堀沿いにあり、十軒店町からも亀井町からもそれほど遠く
ない。隠れ家としてはいい場所にある。

「つなぎ役は、房吉か」

「そうだ」

そのとき、茂次が口をはさんだ。

「旦那、玄仙の格好は目立ちやす。富沢町の借家と分かれば、つきとめられやすぜ」

「そうだな」

源九郎は、玄仙だけでなく間宮の借家も探し出せるだろうと踏んだ。それに、手間がかかるようなら房吉を捕らえて訊きだしてもいいのだ。

源九郎の訊問がとだえたとき、菅井が、

「磯次郎、寒くないか」

と、訊いた。妙に、やわらかな声である。

「そりゃァもう、ずっと震えてやして」

磯次郎が上目遣いに菅井を見た。その目に、媚《こ》びるような色が浮いた。

「どうだ、一杯やるか」

「いいんですかい」

磯次郎の顔に喜色が浮いた。

「いいとも」

菅井が、飲みな、と言って、自分の湯飲みを磯次郎の膝先に置いた。

磯次郎は両手を伸ばして湯飲みをつかむと、ゴクゴクと喉を鳴らし、湯飲みに半分ほど残っていた酒を一気に飲み干した。喉が乾いていたらしい。

「それじゃァ、今度はおれが訊く」

菅井が湯飲みに酒をつぎながら言った。

「玄仙と康兵衛は、どこでつながったのだ」

「玄仙は親分の手先でさァ」

そう答えて、磯次郎は口元に笑いを浮かべた。だが、すぐに笑いを消し、戸惑うような顔をした。

「康兵衛が賭場の親分をしていたころのか」

「へい」

酒が利いたのか、磯次郎の話がなめらかになった。

磯次郎によると、玄仙の名は源助《げんすけ》で、修験者らしくするために名を変えたという。源助は博奕《ばくち》好きで康兵衛の賭場に出入りしているうち、康兵衛の子分になったそうだ。

ただ、源助は他の子分とちがって康兵衛の用心棒のような立場だったらしい。大柄で、人並外れた強力《ごうりき》の主だったからである。

源助は六尺余の角棒を振りまわし、匕首《あいくち》や長脇差を手にしたならず者を三人、ひとりで殴り倒したことがあるそうだ。

「そんな男が、どうして修験者になったのだ」

菅井が訊いた。

「親分が考えたんでさァ。親分が言うには、重い病にかかった者や家族が欲しがるのは、まず薬だ。その薬が駄目となりゃァ、神仏に頼るしかなくなる。源助が修験者になりゃァ薬と祈禱の両方で金儲けができると、まァ、そういう寸法でさァ」

磯次郎がぺらぺらとしゃべった。

「玄仙は、にせ修験者か」

菅井が白けたような顔をした。

「うまく化けてやしたぜ」

磯次郎が言った。

「金儲けのためなら、何でもするやつらだな」

源九郎も、あきれたような顔をした。

それから、源九郎と菅井とで磯次郎からひととおりの話を聞き終え、戸口に目をやると、腰高障子が白んでいた。払暁である。

耳を澄ますと、雨戸をあける音やかすかな人声が聞こえてきた。長屋が動きだすころである。

「ところで、この男はどうする」

菅井が源九郎に目を向けた。

「帰すわけにはいかんな」

源九郎がそう言うと、磯次郎の顔から血の気が引いた。顔がひき攣《つ》り、体が顫えだした。ここで、始末されると思ったようだ。

「斬るか」

菅井が訊いた。

「いや、しばらく様子をみて、栄造に渡そう」

どうなるか分からなかったが、康兵衛や熊蔵たちを町方にまかせるなら、磯次郎を生かしておいてしゃべらせた方がいいだろう、と源九郎は思ったのだ。

源九郎の話を聞いて、磯次郎の顔がいくぶん平静になったが、不安そうな表情は残っていた。栄造が、だれか分からなかったからであろう。

「長屋に隠しておくつもりか」

菅井が訊いた。

「長屋には、おけん。そうだな……。東五郎どのに頼むか」

三崎屋は材木問屋の大店である。材木をしまう倉庫や貯木場などをいくつも所有している。磯次郎を監禁しておく場所はあるだろう。

「それがいい。……腹が減ったな」

菅井が、伸びをしながら言った。

「めしが炊けてやすぜ」

土間の竈の前にいた三太郎が声を上げた。湯だけでなく、めしも炊いてくれたらしい。三太郎は女房のおせつに、めし炊きをやらされることがあるのかもしれない。

「そいつは、ありがてえ。炊きたてのめしで、茶もあるんだぜ」

茂次が嬉しそうに声を上げた。

第五章　玄　仙

一

「華町の旦那、行きやすか」

　茂次が土間の前に立って声をかけた。

　源九郎は座敷で袴を穿《は》いていた。これから、茂次とふたりで、日本橋富沢町へ行くつもりだった。玄仙の塒《ねぐら》をつきとめるためである。

　磯次郎から、玄仙と間宮の塒のある町を聞き出してから二日経っていた。この間、源九郎は菅井にも手伝ってもらい、東五郎に話して材木を保管する古い倉庫を借りて磯次郎を監禁した。監禁するといっても、四、五日で済むはずである。間宮と玄仙の塒がつきとめられれば、すぐに間宮たちを討ち、磯次郎は栄造に渡すつもりだったのだ。

すぐに、磯次郎を渡さなかったのは、磯次郎が町方に捕らえられたことを知れば、康兵衛はむろんのこと間宮や玄仙も姿を消すとみたからである。

「さて、行くか」

源九郎が大小を腰に差して上がり框《がまち》から土間へ下りたとき、腰高障子の向こうで足音がし、

「華町の旦那」

という声がした。孫六のようである。

「とっつァんだ」

茂次が腰高障子をあけると、孫六が照れたような顔で立っていた。

「孫六、どうした」

源九郎が訊《き》いた。

「あっしも、連れていってくだせえ」

孫六が、白い息を吐きながら言った。

「富助はどうした？」

「だいぶよくなりやしてね。東庵先生が、熱も下がってきたし、もう心配ねえと

言ってくれたんでさァ。……それに、おみよのやつが、おとっつァんが家にいると、うるさくてしかたがないなんて、生意気なことをぬかしゃァがってね」

孫六が目を細めてしゃべった。富助が元気になって、安心したらしい。

「そいつは、よかった」

茂次もほっとしたような顔をした。

「旦那たちは、富沢町へ行くんでしょう」

孫六が訊いた。

「よく知ってるな」

「なに、ちょいと前に菅井の旦那から聞いたんでさァ。菅井の旦那は、三太郎といっしょに長屋を出やしたぜ」

孫六が顔をひきしめて言った。

「そうか」

菅井と三太郎は、亀井町へ出かけ間宮の塒をつきとめることになっていた。孫六は、菅井たちが長屋を出るとき話を聞いたらしい。

「あっしも、大枚をいただいてやすからね。長屋にくすぶってちゃァ、みんなに顔が立たねえ」

「分かった。いっしょに来てくれ」

孫六の岡っ引きとしての腕は確かだった。玄仙の塒を嗅《か》ぎ出すのは、孫六が一番早いかもしれない。

三人は長屋を後にし、竪川沿いの道を歩いて両国橋に出た。両国広小路はいつものように賑わっていた。様々な身分の老若男女が行き交っている。

しばらく雨や雪が降らないせいか、靄《もや》のような砂埃《すなぼこり》が立っていた。雑踏の足音、話し声、子供の泣き声、荷を積んだ大八車の軋《きし》む音、馬の嘶《いなな》き、大道芸人が客を呼ぶ声……。そうした騒音のなかに、咳やくしゃみの音も、だいぶまじっていた。まだまだ、流行風邪《はやりかぜ》は下火になっていないようである。

両国広小路の雑踏を抜け、日本橋方面に向かう横山町の表通りに入ったところで、

「玄仙は大柄で、修験者の身装《なり》をしてるんですかい」

孫六が念を押すように訊いた。

「いつもかどうか分からんが、修験者の格好をしているのはまちがいあるまい」

源九郎が言った。

「それだけ目立つやろうなら、手間はかからねえだろうよ」

そう言って、孫六が目をひからせた。獲物を追う猟犬のような目をしている。腕利きの岡っ引きを思わせる顔付きである。

源九郎たちは、浜町堀にかかる緑橋のたもとに出た。橋を渡って堀沿いをしばらく歩けば、富沢町である。

陽はだいぶ高くなっていた。四ッ（午前十時）ごろであろうか。堀の水面を渡ってきた風が岸辺の枯草をなびかせ、サワサワと乾いた音をたてていた。

源九郎は富沢町に入ってすぐ足をとめた。

「三人で、訊きまわることはあるまい」

源九郎は手分けして聞き込んだ方が、埒《らち》が明くだろうと思ったのだ。

「旦那、この先に栄橋がありやす。そのたもとで、八ッ（午後二時）ごろ顔を合わせることにしちゃァどうです」

孫六が言った。それまで、別々に聞き込みにまわろうというのである。

「よし、そのとき、すこし遅いが昼めしにしようではないか」

源九郎はそばでも食いながら、お互いがつかんだ情報を話せばいいと思った。

「そうしやしょう」

孫六が足早に堀沿いの道を歩きだした。

茂次もつづいたが、すぐに右手の路地へ入った。孫六とは別な町筋で聞き込むつもりなのだろう。

……さて、わしはどの辺りをまわるか。

源九郎は、堀沿いの道の前後に目をやった。

半町ほど先に、一膳めし屋があった。戸口に出ている長床几《ながしょうぎ》に腰を下ろしている男の姿が見えた。めしを食っているのか、丼らしい物を手に持っている。黒の半纏《はんてん》を羽織っていた。大工か職人といった感じだが、昼めしにしてはすこし早いようだ。

……とりあえず、あの男に訊いてみるか。

源九郎は、一膳めし屋に向かって歩いた。

めしを食っている男は、船頭らしかった。一膳めし屋の前にちいさな桟橋があり、そこに猪牙舟《ちょきぶね》が舫《もや》ってあった。舟を下りて、めしを食いに立ち寄ったのであろう。

「つかぬことを、訊くが」

源九郎は男の前に足をとめて、声をかけた。

「あっしですかい」

男は驚いたような顔をして、目の前に立った源九郎を見上げた。丼と箸を手にしたままである。

「そうだ。……昼めしにしては、早いな」

源九郎が、くだけた物言いで訊いた。

「へえ、かかァのやつが風邪をひいて、寝込んじまいやしてね。朝めし抜きで来たもんで、腹がへっちまって」

男が照れたような顔をして言った。

「そうか。おまえの女房も風邪か」

「へい、今年の風邪は山の神もかかるようで」

「ところで、玄仙という祈禱師《きとうし》を知っているか」

源九郎は、祈禱師と言った方が分かりがいいと思ったのだ。

「知ってやすぜ。かかァが、玄仙さまの祈禱を受ければ風邪もすぐ治るって言ってやしたが、どうですかね」

男は丼を手にしたまま言った。

「その玄仙の住まいを知らんか。富沢町と聞いてきたのだがな」

「旦那も、玄仙さまに祈禱を頼みに来たんですかい」

男が手にした丼を脇に置いた。

「まァ、そうだ。玄仙の住まいはどこかな」

源九郎は、もう一度訊いた。

「栄橋の近くだと聞いた覚えがありやすが、どこかは分からねえなァ」

男は首をひねった。

「手間を取らせたな」

源九郎は、すぐに男のそばを離れた。男とやり取りするより、栄橋の近くで訊いた方が早いと思ったのである。

二

そのころ、孫六は掘割沿いの通りから、一町ほど先の路地に入ったところにあった辻駕籠屋《つじかごや》の前にいた。客を乗せて市中を歩きまわる駕籠かきなら知っているだろうと見当をつけたのである。

腰高障子に、辻政《つじまさ》と書いてあった。その障子の先がひろい土間になっていて、駕籠が一挺置いてあった。その先の座敷で印半纏姿の男がふたり、莨盆《たばこぼん》を前にして莨を吸っていた。駕籠かきらしい。

「ごめんよ」

声をかけて、孫六は敷居をまたいだ。

「お、とっつァん、駕籠かい」

そう声を上げて、大柄な男が煙管《キセル》の雁首を莨盆でたたいた。赤銅色《しゃくどういろ》の肌をした小鼻の張った男である。

「駕籠じゃァねえんだ、ちょいと、訊きてえことがあってな」

孫六は大柄の男のそばに近付くと、巾着《きんちゃく》を取り出して波銭をつかみだした。この手の男に話を訊くのは、袖の下を使わなければだめである。岡っ引きをしていた孫六は、そのあたりのことは心得ていた。

「ふたりの酒代にしてくれ」

孫六が莨盆の脇に銭を置いた。

途端に大柄な男が、ニンマリとした。客も乗せずに、酒代が手に入ったのである。

「何を訊きてえんだい」

「玄仙とかいう修験者を知ってるかい」

「知ってるぜ」

すぐに、大柄な男が言った。袖の下が利いたとみえ、わけも訊かずに答えてくれた。

「富沢町に住んでると聞いてきたんだが、家はどこか分かるかい」

孫六も、よぶんなことは言わなかった。

「家は知らねえなァ。喜八《きはち》、おめえどうだい」

大柄な男は、脇で胡座《あぐら》をかいている眉の濃い男に訊いた。喜八という名らしい。

「とっつァん、栄橋の近くに稲荷があるんだが、知ってるかい」

喜八が孫六に訊いた。

「知らねえが、行けば分かるだろうよ」

「その稲荷の脇に、板塀をめぐらせた借家があってな。そこから、玄仙が出てくるのを見たぜ」

喜八が言った。

「すまねえな」

それだけ聞けば十分だった。

孫六は通りに出ると、胸の内でほくそ笑んだ。玄仙の塒は、すぐにつきとめられそうである。

孫六は浜町堀沿いの道にもどった。堀の先に栄橋が見えている。孫六は急ぎ足で橋のたもとまで行き、辺りに目をやった。稲荷らしいものは見えなかった。通りかかったぼてふりに訊くと、半町ほど先の路地を左手にまがるとすぐに稲荷があるという。

孫六が行ってみると、路地の先に稲荷の赤い鳥居が見えた。わずかだが、境内をかこっている杜《もり》もある。

孫六は稲荷に足を運んだ。鳥居の前に立って左右に目をやると、稲荷をかこった杜の脇に、板塀をめぐらせた仕舞屋《しもたや》があった。借家ふうの家屋である。

……これだな。

孫六は、玄仙の塒だと確信した。

孫六は通行人のふりをして、家の前まで行ってみた。ちいさな木戸があり、その先が家の戸口になっていた。板戸がしめられている。家はひっそりとして、人声も物音も聞こえてこなかった。

孫六は板塀に身を寄せて、なかの様子をうかがった。狭い庭に面した部屋にも、雨戸がたてられていた。留守のようである。

そのとき、孫六は背後から近付いてくる足音を耳にし、ギョッとして立ち竦《すく》んだ。

「孫六、わしだ」

源九郎が小声で言った。

「だ、旦那、びっくりさせねえでくだせえ」

孫六が声をつまらせて言った。

「いや、すまん。……さすが孫六、早いな」

源九郎が孫六の脇にきて、身をかがめた。

「旦那こそ、よくここが分かりやしたね」

「なに、通りで訊いたらな、この辺りにある稲荷の近くだというので、来てみたのだ。ところで、玄仙はいるのか」

源九郎が板塀の節穴からなかを覗いて訊いた。

「留守のようですぜ」

「まさか、姿を消したのではあるまいな」

「何とも言えねえ。……ちょいと、近所で訊いてみやすか」

孫六は路地の左右に目をやり、十軒ほど先に小体《こてい》な八百屋があるのを目にする

と、

「旦那は、稲荷の境内で待っててくだせえ。すぐ、もどりやすから」

そう言い残し、足早に八百屋に向かった。

源九郎は孫六にまかせることにして、稲荷の鳥居をくぐった。境内といっても、祠《ほこら》の前に短い石段があり、その周囲が露出した地面になっているだけだった。古い祠で、庇《ひさし》などは朽《く》ちかけていた。

源九郎が石段の脇に立って、鳥居の間から路地に目をやっていると、茂次が通りかかった。玄仙の塒を確かめに行くのであろう。すぐに、源九郎は境内から飛び出した。

「茂次、ここだ、ここだ」

源九郎が声をかけた。

「旦那、なんで、こんなところに」

茂次が驚いたような顔をして訊いた。

「ともかく、ここに来い。事情を話す」

源九郎は茂次を祠の前へ連れていき、これまでの経緯をかいつまんで話した。

「なんでえ、旦那ととっつァんの方が一足早かったってえことかい」

茂次が苦笑いを浮かべて言った。

そこへ、孫六がもどってきた。孫六は茂次と顔を合わせると、うなずいただけで何も訊かなかった。すぐに、事情を察したようだ。

「それで、玄仙の様子が知れたか」

源九郎が訊いた。

「へい、玄仙の塒はあの家にまちげえねえが、いるのは夜だけのようですぜ」

孫六が八百屋の親爺から聞き込んだことによると、玄仙は朝のうちに家を出て、暗くなってから帰ってくるという。なお、玄仙は独り暮らしで、日中は家の雨戸をしめたままだそうである。

「とりあえず、玄仙の塒は分かったな」

源九郎が言った。

「旦那、どうしやす」

孫六が訊いた。

「ひとまず、長屋にもどろう。わしらが動くのは、菅井たちが間宮の住処《すみか》をつかんでからだな」

間宮と玄仙を始末するには、日をあけずに仕掛けた方がいい、と源九郎は思っていた。日をあけると、どちらかが姿を消す恐れがあったからである。

三

源九郎たちが玄仙の住処をつかんだ翌日、菅井と三太郎が源九郎の家に姿を見せた。

菅井は源九郎の顔を見るなり、

「間宮の居所をつかんだぞ」

と、けわしい顔をして言った。

菅井と三太郎によると、間宮は磯次郎が言ったとおり亀井町の借家で独り暮らしをしているという。

「間宮は、遣い手だな」

菅井が低い声で言い添えた。

「菅井、立ち合ったわけではあるまいな」

驚いて、源九郎が訊いた。

「立ち合ってはいないが、やつの腕は分かった」

菅井によると、隣家の陰から借家を覗いてみたという。すると、狭い庭で、間宮が真剣で素振りをしているのが見えた。その構え、気魄《きはく》、太刀筋などから、遣い手であることを見てとったそうだ。

「やつは手練《てだれ》だ。……やられるかもしれんな」

源九郎が虚空を睨《にら》むように見すえて言った。源九郎の顔はきびしかった。双眸《そうぼう》が燃えるようにひかっている。

「華町、町方にまかせるか」

菅井が訊いた。

「いや、間宮はわしが斬る」

源九郎は声を強くして言った。間宮とは、ひとりの剣客として勝負を決したかったのである。

「まかせよう」

菅井は、それ以上何も言わなかった。居合の遣い手である菅井は、源九郎の剣客としての気持ちが分かるのである。

「それで、いつやるな」

「早い方がいいだろうな。磯次郎も、早く栄造に渡したいからな」

「ならば、明日、やるか」

「どちらが先だ。間宮か、玄仙か」

「玄仙からだな」

源九郎は、間宮より玄仙を先に始末したかった。玄仙の祈禱で、病気を悪化させる子供をひとりでもすくなくしたかったからである。

「玄仙は、おれにやらせてもらいたいな」

菅井が当然のように言った。

「おぬしに、まかせよう」

源九郎は、菅井が玄仙に後れを取るようなことはないだろうと思った。


翌日、源九郎と菅井は暮れ六ツ（午後六時）の鐘が鳴ってから、浜町堀近くの稲荷に着いた。そこで、茂次の知らせを待つ手筈になっていたのだ。茂次は、源九郎たちより先に出て玄仙の住む借家を見張り、玄仙が家にもどったら稲荷まで知らせに来ることになっていたのである。

なお、孫六と三太郎は亀井町に出かけ、間宮の家を見張っていた。玄仙ひとりを討ち取るのに、五人もで出かける必要はなかったのだ。

稲荷の境内は淡い夕闇につつまれていた。風があり、境内をかこった樫や椿の枝葉がザワザワと揺れていた。辺りは静寂につつまれ、風音と葉音だけが聞こえてくる。

「玄仙は金剛杖《こんごうづえ》を遣うようだぞ」

源九郎が言った。

「そうらしいな」

「強力《ごうりき》で、長い杖を振りまわしてくるかもしれん」

源九郎の脳裏に、頭を割られた峰吉の無残な死体が浮かんだ。

「どんな男か知らぬが、杖術《じょうじゅつ》を身につけたわけではあるまい。強力で振りまわすだけの杖なら、恐れることはない」

菅井は平然としていた。

「そうだな」

源九郎も、玄仙を恐れることはないと思った。

そんな話をしていると、風音のなかに足音が聞こえた。源九郎たちのいる稲荷の方へ駆けてくる。

鳥居をくぐって姿を見せたのは、茂次だった。

「旦那方、玄仙が家に入《へえ》りやしたぜ」

茂次が荒い息を吐きながら言った。駆けてきたせいらしい。

「ひとりか」

菅井が訊いた。

「へい、ひとりでさァ」

「よし、行くぞ」

菅井が低い声で言った。夕闇のなかで、菅井の細い目が刺すようなひかりを帯びていた。般若《はんにゃ》のような顔に凄《すご》みがある。さすがに、菅井も高揚しているようだ。

菅井、源九郎、茂次の三人は、鳥居を出て玄仙の家の板塀の陰に身を寄せた。家は夕闇につつまれ、ひっそりとしていた。ただ、庭に面した雨戸が一尺ほどあいていて、そこから淡い灯《ひ》が洩《も》れていた。玄仙は庭に面した部屋にいるらしい。

「庭にまわろう」

菅井が低い声で言った。

源九郎が無言でうなずき、三人は足音を忍ばせて庭へ向かった。庭といっても、植木も庭石もなく、板塀沿いに葉を落とした柿の木が、枝を風に震わせているだけである。庭の手入れなどしたことはないらしく、枯れ草におおわれている。

灯の洩れてくる部屋からかすかな物音が聞こえた。喉の鳴る音や瀬戸物の触れ合うような音である。玄仙が酒でも飲んでいるらしい。

「どうする」

源九郎が声を殺して訊いた。

「庭におびき出したいが、むずかしいな」

菅井が言った。

「あっしが、やりやしょうか」

そう言って、茂次がふたりに目をやった。

「どうするのだ」

「呼び出しやす。旦那方は、隠れていてくだせえ」

茂次が自信のありそうな顔で言った。

「まかせよう」

菅井が言った。念のために源九郎が戸口近くに移り、菅井が裏手にまわれる庭の隅に身を隠した。

四

「玄仙、出てきやがれ！」

いきなり、茂次が灯の洩れる部屋の前で叫んだ。手にした匕首《あいくち》が、夕闇のなかでにぶくひかっている。茂次は匕首を忍ばせてきたらしい。

一瞬、部屋のなかの物音がやんだ。動く気配はない。玄仙は外の気配をうかがっているようだ。

「玄仙、出てこねえと火をつけるぞ」

茂次が声を上げると、部屋のなかで人の動く気配がした。

ガラリ、と雨戸があいた。姿を見せたのは、大柄で赤ら顔の男だった。総髪で眉が濃く、ギョロリとした目をしていた。玄仙である。

玄仙は総髪で、小袖にたっつけ袴姿だった。頭巾《ときん》はしていなかったが、結袈裟《ゆいげさ》をかけていた。修験者らしい格好である。

「だれだ、てめえは！」

玄仙が胴間声で言った。修験者ではなく、やくざ者らしい物言いだった。地が出たようである。

「だれでもいい！　てめえの命はおれがもらった」

茂次が挑発するように手にした匕首を顔の前で振った。

「ひとりか」

玄仙は庭の周囲に目をやった。辺りは夕闇にとざされ、物陰にいる源九郎と菅井の姿を見ることはできない。

「てめえが、源助だってことは分かってるんだ。てめえを殺《や》るのは、おれひとりでたくさんだよ」

「何だと！　その頭をぶち割ってやる」

そう言うと、玄仙は雨戸のそばを離れて姿を消したが、すぐに金剛杖を手にしてもどってきた。六尺の余もあろうかという太い杖である。

「やろう！」

吼《ほ》えるような声を上げ、玄仙が庭に飛び下りた。

すかさず、茂次が後ろに跳んだ。そこへ、庭の隅に身を隠していた菅井が走り出た。

「だ、だれだ！」

一瞬、玄仙がギョッとしたように立ち竦んだ。ふいに、飛び出してきた菅井に驚いたようだ。

「おれを、知っているか」

菅井は、玄仙と三間ほどの間合を取って相対した。すでに、左手で刀の鯉口を切り、右手を柄に添えていた。鋭い目が、玄仙を見すえている。

「てめえは菅井か」

どうやら、仲間内から源九郎や菅井のことを聞いたらしい。

「そうだ」

菅井は、わずかに腰を沈めて抜刀体勢を取っている。

「伝兵衛長屋のやつらが、どうしておれたちに逆らうんだ」

玄仙の顔が、怒りと恐怖に引き攣《つ》っている。

「おまえが殺した峰吉の敵を討ってやるのさ」

「峰吉の親爺に、頼まれやがったな」

言いざま、玄仙がすばやく周囲に目をやった。逃げ道を探したようだ。家の戸口の方にはだれもいないと見たらしく、玄仙が反転して駆けだそうとした。だが、その足がすぐにとまった。

夕闇のなかに源九郎が立っていたのである。

「玄仙、逃がさぬぞ」

源九郎はゆっくりとした足取りで間をつめてきた。すでに、源九郎は抜刀していた。刀身が夕闇のなかで、にぶくひかっている。

玄仙はふたたび反転して、菅井に顔をむけた。まだ、刀を抜いていない菅井なら、金剛杖で打てるとみたのかもしれない。

「ちくしょう！」

玄仙が叫びざま、金剛杖を振り上げて打ちかかろうとした。

刹那《せつな》、菅井の体が躍動し、腰元から閃光《せんこう》がはしった。稲妻のような居合の抜きつけの一刀である。

次の瞬間、骨肉を截断《せつだん》するにぶい音がし、玄仙の肩口から夕闇のなかに火花のように血が飛び散った。

菅井の神速の一颯《いっさつ》が、玄仙の胸から肩にかけて深く斬り裂いたのである。

玄仙の肩口から驟雨《しゅうう》のように血が飛び散った。玄仙は血を撒《ま》きながら、巨体をよろめかせた。

玄仙は獣の唸《うな》るような低い呻《うめ》き声を上げ、腰からくずれるように転倒した。巨体が叢《くさむら》に俯せになったが、なおも身を起こそうとして首をもたげた。

だが、首をもたげていたのは数瞬で、すぐにつっ伏してしまった。肩口から噴出する血の音が枯れ草を打ち、物悲しい音をたてている。いっとき、玄仙は四肢を痙攣《けいれん》させていたが、その動きもとまった。絶命したようである。

「菅井、みごとだ」

源九郎が菅井に身を寄せて言った。

「相手は、図体だけの木偶坊《でくのぼう》だ」

菅井が薄笑いを浮かべて言った。顔に返り血がかかり、赭黒《あかぐろ》く染まっていた。細い目が底びかりし、前髪が垂れ下がっている。何とも不気味な顔である。菅井も人を斬って、高揚しているのだ。

「どうしやす、死骸《おろく》は」

茂次が訊いた。

「ここでは、通りかかった者の目につくな。家のなかに、引き摺《ず》り込んでおくか」

源九郎は、できるだけ玄仙の死を隠しておきたかった。間宮や康兵衛たちが知ると、姿を消す恐れがあったからである。

「この図体だ。あっしひとりじゃァ無理ですぜ」

茂次が苦笑いを浮かべて言った。

「三人で運ぼう」

源九郎たち三人は、玄仙の死体を庭に面した部屋に運び込み、あらためて雨戸をしめた。

家の外に出ると、すっかり暗くなっていた。晴天らしく、満天の星である。大気は澄んでいたが、身を切るような冷たさはなかった。春がそこまで来ているのかもしれない。風がやわらかである。

五

源九郎は真剣を手にし、座敷にひとり立っていた。刀身が薄闇のなかで、にぶくひかっている。

源九郎の顔付きがいつもと違っていた。人のよさそうな茫洋《ぼうよう》とした表情は消え、剣客らしい凄みのなかに悽愴《せいそう》さがくわわっている。

源九郎は静かに切っ先を上げて、青眼に構えた。そして、脳裏に間宮の下段の構えを浮かべた。源九郎の胸の内には、間宮の剣に対する不安と怯《おび》えがあった。いまのままでは、よくて相打ちであろうとみていたからである。

源九郎は、己の青眼からの斬り込みと間宮の下段からの籠手《こて》斬りを脳裏に描いた。間宮の太刀は神速である。

……やはり、だめだ。

すでに、何度も試みたことだった。源九郎には、斬れる、という自信がもてなかった。

源九郎は構えを変えた。上段である。上段なら籠手は遠くなる。下段から斬り上げる太刀で、籠手を斬るのはむずかしいはずだ。

……下段から、籠手にはとどかぬ。

上段から真っ向へ斬り込めば、間宮の籠手斬りはとどかないだろう。だが、上段でも間宮を斃《たお》すことはできない、と源九郎は思った。

間宮は源九郎が上段に構えれば、青眼に構えるのではあるまいか。青眼からなら、切っ先が源九郎の籠手にとどくのである。

源九郎は八相に構えてみた。八相から袈裟に斬り込んでみたが、やはり上段と同じだった。上段も八相も、脳裏の間宮を相手に何度も試みたことだった。

……やはり、脇構えしかない。

と、源九郎は腹をかためた。

脇構えから、逆袈裟に斬り上げるのである。

おそらく、間宮は左籠手を狙ってくるだろう。斬り込む瞬間、敵の正面に左籠手をさらすので、狙われやすかった。

……間合を遠くするのだ。

源九郎は、遠間から仕掛けることで間宮の左籠手への斬撃をかわそうと思った。

ただし、それだけ間合が遠くなれば、当然、源九郎の逆袈裟の太刀も間宮にとどかなくなる。

……二の太刀が勝負だな。

初太刀が空を切ることを承知の上で、連続してふるう二の太刀に勝負をかけるのである。

源九郎は間宮の構えや太刀筋を脳裏に描きながら、頭のなかで脇構えから逆袈裟に斬り上げ、二の太刀をふるってみた。繰り返し繰り返しつづけ、小半刻（三十分）もつづけたが、間宮は斬れなかった。

それでも、源九郎はやめなかった。敵の斬り上げの太刀に対する工夫だけでなく、己の心の内にある恐れと怯えを払拭《ふっしょく》する狙いもあったのである。

そのとき、戸口で人の気配がし、

「旦那、いやすか」

と呼ぶ、孫六の声が聞こえた。

「孫六か、入れ」

返事をしたが、源九郎は刀を手にしたままだった。

「だ、旦那、稽古ですかい……」

孫六は驚いたように目を剝《む》き、土間につっ立ったまま源九郎の様子を見つめた。源九郎の気魄に飲まれ、声もかけられなかったのである。

源九郎は孫六が来てからも、しばらく刀を持ちつづけていたが、しばらくして鞘に納め、上がり框のそばに来て腰を下ろした。

「孫六、水を一杯、くれ」

源九郎が言った。

「へ、へい」

孫六はすぐに流し場に行き、柄杓《ひしゃく》に水を汲んできた。

「すまぬ」

源九郎は喉を鳴らして一気に水を飲んだ。

孫六は土間につっ立ったまま源九郎の様子を眺めていたが、源九郎が水を飲み終えたのを見てから、

「旦那、どうしやした。いつもの旦那と、ちがいやすぜ」

そう言って、怪訝《けげん》な顔をした。これまで、源九郎は立ち合いを目前にして、真剣を手にして工夫することなどなかったのである。

「間宮は遣い手だからな」

源九郎が小声で言った。

「旦那、間宮を斬れるんですかい」

孫六が不安そうな顔をした。

「分からん」

「菅井の旦那とふたりで、やったらどうです。ふたりだろうと三人だろうと、間宮を斬っちまえばいいんだ。ふたりでやるのが嫌なら、町方にまかせりゃァいい。あっしが、栄造に話して捕方をむけてもらいやすぜ」

孫六が目を剝いてまくしたてた。

「いや、間宮はわしが斬る」

源九郎が、重いひびきのある声で言った。

「でも、旦那、斬られちまったら……」

孫六が声を震わせ、困惑したように顔をゆがめた。

「剣を遣う者は、相手から逃げられんのだ。一度、逃げると立ち合いを挑まれた都度、逃げ出すようになるからな」

挑まれた相手から逃げない。それが剣客の宿命だった。

「……」

孫六は口をひき結び、顔をゆがめている。何か言いたいのを我慢しているようだ。

「剣はな、病《やまい》と同じなのだ」

「どういうことです」

孫六が源九郎に顔を向けた。

「病も死ぬかもしれないと思うと、怖くなって、何も見えなくなってしまう。剣も敵に斬られると思うと怖くなって、敵の剣が見えなくなってしまうのだ。……そうならぬよう、頭のなかで敵を斬っていたのだ」

「あっしには、分からねえ」

「まァ、わしほどの歳になると、若いときほど怖くはなくなるがな」

「……」

「先の長い身ではないからな。斬られても、あの世に行くのが、すこし早くなっただけのことだ。そう思えば、それほど怖くはない」

「ちげえねえ」

孫六がうなずいた。

「もうすこし工夫してみよう」

そう言うと、源九郎は刀を手にして立ち上がった。

六

障子に西陽が映じて、淡い蜜柑色《みかんいろ》に染まっていた。ほんのりとした明るさである。

七ツ（午後四時）ごろであろうか。長屋は静かだった。一日のうちで、いまが一番静かな時かもしれない。男たちは仕事から帰ってないし、遊びに出た子供たちも、まだ家にはもどっていないのだ。女房連中は夕餉《ゆうげ》の支度にとりかかる前で、一休みしているにちがいない。

戸口に近付いてくる足音がした。ふたりである。腰高障子があいて、顔を出したのは菅井と孫六だった。

「華町、そろそろだな」

菅井が表情のない顔で言った。

「支度はできているぞ」

源九郎は大小を手にして腰を上げた。菅井たちが来るのを待っていたのである。

菅井が玄仙を斬って、三日経っていた。この間、茂次、孫六、三太郎の三人は交替で、亀井町の間宮の住む家を見張り、立ち合いの機会を狙っていたのだ。ところが、間宮が遅くまで家に帰って来なかったり、つなぎ役の房吉が来ていたりで、その機会がなかったのである。

やっと今日の昼過ぎ、孫六が亀井町から長屋にもどり、間宮がひとりで家に帰ってきたことを源九郎に伝えた。さっそく、源九郎たちは間宮を討つために長屋を出ることにしたのだ。

源九郎、菅井、孫六の三人は長屋を出て両国橋を渡ると、馬喰町《ばくろちょう》の表通りをたどって亀井町に入った。表通りから掘割沿いの細い道へ出て間もなく、孫六が足をとめた。そこは掘割沿いに狭い空き地があり、笹藪《ささやぶ》になっていた。孫六によると、間宮の住む家は半町ほど先にあるという。

「ここで、待っててくだせえ。茂次か三太郎を呼んできまさァ」

そう言い残して、孫六が足早にその場を離れた。茂次と三太郎が、孫六に替わって間宮を見張っていたのだ。

源九郎と菅井は、空き地の笹藪の陰にまわった。すでに、陽は西の家並の先に沈みかけていた。西の空が血を流したような残照に染まっている。

「華町、助太刀するぞ」

菅井が静かな声で言った。

「いらぬ」

源九郎は素っ気なく断った。菅井が、案じていることは分かったが、助太刀を頼むつもりはなかった。そのつもりで、剣の工夫もつづけてきたのだ。

「そうか」

菅井はそれ以上言わず、虚空に視線をとめていた。

それからいっときすると、孫六が茂次を連れてもどってきた。

「華町の旦那、いやすぜ」

茂次が声をひそめて言った。

「間宮、ひとりか」

「へい」

「三太郎は?」

「やつを見張っていまさァ」

「行くか。それにしても、大勢だな」

源九郎は苦笑いを浮かべた。総勢、五人である。はぐれ長屋の仲間たちが、全員集まっているのだ。それだけ、源九郎の勝負を案じているのかもしれない。おそらく、源九郎が斬られれば、菅井たち四人で間宮を討つことになるだろう。

「あの家でさァ」

茂次が前方を指差した。

通りに面した仕舞屋《しもたや》である。板塀や生け垣はまわしてなかった。裏手が竹藪で手前が空き地になっていた。家の先は何を商っているのか分からなかったが、商店らしかった。家の向かいも、借家らしい小体な家である。

間宮の家の手前の空き地の隅に三太郎がいた。笹藪に身をかがめて、間宮の家をうかがっている。

「華町の旦那、間宮は出てきません」

三太郎が小声で言った。

「呼び出すしかないが、どこがいいかな」

源九郎は辺りに視線をめぐらせた。

空き地しかないように思われた。ただ、ほとんど人影はなかったが、空き地の前の路地を人が通るかもしれない。剣の立ち合いということにすれば、町方に咎《とが》められることもないが、騒がれると厄介《やっかい》である。

「裏手はどうだ。竹藪との間に、立ち合うだけの場はありそうだぞ」

菅井が言った。

「そうだな」

源九郎も、裏手がいいだろうと思った。

「ころあいだな」

すでに、笹藪の陰には淡い夕闇が忍び寄っていた。陽射しを気にすることはなかった。立ち合うには、ちょうどいい明るさである。

源九郎はゆっくりと歩きだした。菅井がつづき、すこし遅れて茂次、孫六、三太郎の三人が笹藪の陰から路地に出た。茂次たちは姿を見せず、物陰から立ち合いの様子を見ることになっていた。

源九郎は戸口に立ち、引き戸をあけた。間宮を裏手に呼び出すつもりだった。

家のなかは薄闇につつまれていた。土間の先に狭い板敷の間があり、その先に障子が立ててあった。座敷になっているらしい。その奥で、かすかに物音がした。畳を踏むような音である。

「間宮半兵衛、いるか」

源九郎が声を上げた。

奥の物音がやみ、静寂が家のなかをつつんだ。おそらく、間宮は声の主を推測しているにちがいない。

「華町源九郎だ。姿を見せろ」

源九郎の声で、すぐに障子のあく音がした。間宮が隣の部屋から、戸口に近付いてくるようだ。

ガラッ、と目の前の障子があいた。

間宮である。総髪で面長、鼻梁が高く、猛禽《もうきん》のような鋭い目をしている。間宮は大刀を手にしていた。

「華町、おれに斬られに来たのか」

間宮が表情のない声で言った。双眸が源九郎を射るように見つめている。

「決着をつけたいと思ってな」

源九郎の目も鋭かった。

「ひとりか？」

「戸口に菅井が来ている」

源九郎は、隠さなかった。

「ふたりがかりか」

「いや、菅井は検分役だ。もっとも、わしが後れを取れば、菅井がおぬしに挑むことになるかもしれんがな」

おそらく、菅井はそのつもりで来ているだろう。

「望むところだ」

間宮は手にした大刀を腰に帯びた。

七

家の裏手は薄暗かった。竹藪の陰になっていたのである。風に竹の葉が、サワサワと揺れている。

源九郎は間宮と、四間ほどの間合を取って対峙した。菅井は家の裏口近くに身を寄せて、ふたりの勝負を見つめている。

足場は悪くなかった。地面を枯れ草がおおっていたが、足を取られるような丈の高い草はなかった。立ち合うだけの広さもある。

「行くぞ！」

源九郎が抜いた。

「おお！」

すぐに、間宮が抜刀した。

ふたりの刀身が薄闇のなかで、銀蛇のようにひかっている。

間宮は下段に構えた。切っ先が地面に付くような低い下段である。

一方、源九郎は青眼から刀身を後ろに引いて脇構えに取った。

一瞬、間宮は怪訝な顔をしたが、すぐに表情を消し、下段から刀身を上げて、切っ先を源九郎の膝あたりにつけた。これが、脇構えに対する間宮の構えらしい。この構えから、源九郎の左籠手を狙って斬り上げてくるはずだ。

源九郎が趾《あしゆび》を這《は》うようにさせて、ジリッ、ジリッ、と間合をつめていく。一方、間宮は動かなかった。

静かだった。ふたりとも気合を発せず、息の音すら聞こえなかった。竹の葉が風にそよぐ音と源九郎の爪先の叢を分ける音が、かすかに聞こえるだけである。間合がせばまるにつれて、ふたりの気勢が高まり、張りつめた緊張が辺りをつつんできた。

ふいに、源九郎が寄り身をとめた。斬撃の間境の一歩手前である。

間宮の顔に戸惑うような表情が浮いた。その間合では、踏み込んでも切っ先がとどかないとみたのであろう。ただ、脇構えは刀身を背後に引いているため、正確に間合を読むむずかしさがあった。そのため、間宮は迷ったのかもしれない。

だが、間宮の戸惑いの表情はすぐに消え、全身に気魄を込めて剣尖《けんせん》に斬撃の気配を見せた。気攻《きぜ》めである。

源九郎の目に間宮の全身が膨れ上がったように見えた。全身に気魄が満ち、巨岩で迫ってくるような威圧がある。

源九郎も全身に気魄を込めて間宮を気で攻めた。

ふたりは、微動だにしない。無言のままお互いが気で攻め合っている。ふたりの意識のなかで、時がとまり音が消えた。静寂のなかで、痺《しび》れるような剣の磁場がふたりをつつんでいる。

どれだけの時が流れたのであろうか。数瞬であったのか、小半刻（三十分）ちかくもそうしていたのか、ふたりに時間の意識はなかった。ふたりの気魄が極限まで高まっていた。

潮合である。

つ、と源九郎が半歩踏み込んだ。

刹那、ふたりの全身から稲妻のような剣気がはしった。

イヤァッ！

タアッ！

ふたりの裂帛《れっぱく》の気合が静寂を劈《つんざ》き、二筋の閃光が大気を裂いた。

源九郎の切っ先が脇構えから逆袈裟に。ほぼ同時に、間宮の切っ先がやや高い下段から突き込むように源九郎の左籠手へはしった。

源九郎の切っ先が空を切り、間宮の切っ先が源九郎の左前腕をかすめて流れた。

刹那、ふたりは二の太刀を放った。ふたりとも、連続技のような太刀捌《さば》きである。

源九郎は右手に体《たい》をかたむけながら逆袈裟から刀身を返して袈裟に払った。神速の太刀捌きである。

間髪をいれず、間宮も刀身をわずかに振り上げざま、真っ向へ斬り込んだ。袈裟と真っ向。

二筋の閃光がはしった次の瞬間、ザクリ、と間宮の肩口が裂けた。源九郎の切っ先が間宮の肩口をとらえたのである。

一方、間宮の切っ先は源九郎の肩先をかすめて空を切った。

ふたりの体が交差し、足をとめた瞬間、間宮の肩口から血飛沫《ちしぶき》が驟雨のように飛び散った。

一瞬の勝負だった。

ふたりの太刀捌きの迅《はや》さはほとんど変わらなかったが、源九郎が右手に体をかたむけたために間宮の切っ先は空を切ったのだ。これまで、源九郎は脳裏に描いた間宮との立ち合いを繰り返したことで、間宮の二の太刀が読めていたのである。

間宮は血を撒きながらつっ立っていた。顔をゆがめていたが、呻き声も悲鳴も上げなかった。血飛沫が首筋から上半身にかかり、見る間に赤く染まってくる。

源九郎は切っ先を間宮にむけ、動きをとめていた。表情を消している。残心である。

ゆらっ、と間宮の体が揺れた。

そのとき、間宮の口がかすかに動いた。声は聞こえなかったが、無念、とつぶやいたらしかった。

次の瞬間、間宮は腰からくずれるように転倒した。

叢に伏臥《ふくが》した間宮は動かなかった。息の音も聞こえない。絶命したようである。ただ、肩先から流れ落ちる血だけが叢を揺らし、小動物でも這うようなかすかな音をたてていた。

源九郎は、フウ、とひとつ大きく息を吐いた。そして、血振《ちぶ》り（刀身を払って血を切る）をくれると刀身を鞘に納めた。

そこへ、菅井が近寄ってきた。

「華町、みごとだ」

菅井の声は、いくぶん昂《たかぶ》っていた。気が高揚しているのであろう。

「なんとか、斃すことができた」

勝負は紙一重の差だった。源九郎が咄嗟《とっさ》に体をかたむけていなかったら、頭を割られていたのは己だったろうと思った。にわか稽古だったが、間宮の斬り上げの太刀を脳裏に描いて、対戦してきたことが生きたらしい。

「旦那ァ！」

孫六が声を上げ、走り寄ってきた。茂次と三太郎もいっしょである。三人の顔には興奮と安堵《あんど》の色があった。

濃い暮色が辺りをおおっていた。叢に伏臥した間宮の姿が夕闇につつまれている。血の濃臭がただよっているだけで、苛烈《かれつ》な勝負を物語るものは何もなかった。

「引上げよう」

源九郎は、ゆっくりと歩きだした。

第六章　春の訪れ

一

孫六が栄造を連れて、源九郎の家に顔を出した。ふたりの顔は高揚し、目がひかっていた。下手人を追う岡っ引きの顔である。

源九郎は火鉢の上にかけた鉄瓶の湯で茶を淹《い》れて飲んでいたが、すぐに腰を上げた。

「村上の旦那が、動くようですぜ」

孫六が源九郎の顔を見るなり言った。

源九郎たちが間宮を斃《たお》して三日経っていた。その間、いろいろな動きがあった。まず、孫六が諏訪町に足を運んで、栄造にことの次第を話し、三崎屋の倉庫に監禁していた磯次郎を引き渡した。

栄造はただちに八丁堀へ出かけ、村上に会って康兵衛たちの悪事と磯次郎を捕らえたことを話した。

当然、栄造は源九郎たちのことも話したが、間宮は剣の立ち合いで討ち取り、玄仙は捕らえようとして抵抗されたためにやむなく斬ったことにした。源九郎たちと打ち合わせたとおりに村上に話したのだ。

村上は、源九郎たちが間宮と玄仙を斬った話は聞き流した。源九郎たちが、峰吉を殺された宗三郎に依頼されて敵を討ったのだろうと推測したからである。それに、村上にすれば、源九郎たちを追及しても何の得もなかった。事件の首謀者である康兵衛と熊蔵を捕らえれば、十分町方の顔は立つし、村上の手柄にもなるのだ。下手に調べて、源九郎たちの働きを明らかにすれば、町方のふがいなさを露見させるだけである。

「いつだ」

源九郎が訊《き》いた。

「今日の夕方、吉野屋に踏み込むそうですぜ」

栄造が言った。

「早い方がいいからな」

「それで、旦那はどうしやす」

孫六が訊いた。

「ここまで来れば、わしらの出る幕はあるまい。……そうだな、ともかく十間店町へ行ってみるか。康兵衛と熊蔵が捕らえられるところをこの目で見ておきたいからな」

「あっしも、行きやすぜ」

孫六が意気込んで言った。

源九郎が栄造に訊くと、栄造も捕方にくわわるという。

栄造が長屋を出た後、源九郎と孫六は手分けして、菅井、茂次、三太郎にも知らせた。菅井たち三人も、深く事件にかかわっていたのである。

「暇だから、おれも行く」

菅井は表情のない顔でそう言った。

茂次と三太郎は二つ返事で、行きやす、と言った。

源九郎たち五人には康兵衛と熊蔵がどうなるか自分の目で見たい気持ちがあるが、野次馬根性も旺盛なのである。

陽が沈むころ、源九郎は孫六とふたりではぐれ長屋を出た。さすがに、五人いっしょに行くわけにはいかなかったので、菅井たちは間を置いて長屋を出ることにしたのだ。たまたま吉野屋の前を通りかかって、捕物を目撃したことにするのである。

「孫六、康兵衛と熊蔵は店にいるのか」

十軒店町への道を歩きながら、源九郎が訊いた。

すでに、玄仙と間宮が斬殺されたことは、康兵衛と熊蔵の耳に入っているだろう。ふたりは自分の身を守るために逃走するかもしれない。

「いるはずでさァ」

孫六によると、村上は栄造から話を聞くとすぐに手先に命じ、吉野屋を見張らせているという。

「やつら、いまごろ店中の金を掻《か》き集めているはずですぜ。あれだけ、欲の皮のつっ張ったやつらだ。手ぶらじゃァ惜しくて、逃げられねえ。大風呂敷を担いで、今夜にでも逃げるつもりじゃァねえんですかね」

孫六がニヤニヤ笑いながら言った。

「そうかもしれんな」

間宮はどうか知らないが、康兵衛や玄仙が金に執着していたことはまちがいない。元福丸を売り出したことも祈禱《きとう》も金儲けのためである。

十間店町の町筋に入っていっときしたとき、日本橋石町《こくちょう》の暮れ六ツ（午後六時）の鐘が鳴った。往来は、大戸をしめて店仕舞いする店が多くなった。まだ、人通りはかなりあったが、いずれも迫り来る夕闇にせかされるように足早に通り過ぎていく。

源九郎と孫六は、半町ほど先に吉野屋の店舗が見えるところで足をとめた。

吉野屋は店仕舞いに取りかかっていた。手代らしき男が大戸をしめ始めている。

「まだのようだな」

町方の動きはないようだ。

通りは、黄昏《たそがれ》時の静寂につつまれていた。人影もまばらである。物陰や天水桶の陰などには夕闇が忍び寄り、遠近《おちこち》から大戸をしめる音が聞こえてきた。

「旦那、店のまわりに捕方が集まっていやすぜ」

孫六が声をひそめて言った。

吉野屋の隣家の陰に数人の男の姿が見えた。捕物装束ではなかったが、岡っ引きと下っ引きらしい。

「向かいの店の陰にもいやすぜ」

向かいの店は、すでに大戸をしめて店仕舞いを終えていた。その店の軒下や天水桶の陰に、町方らしい人影が見えた。

「いまごろは、裏手にもまわっているはずでさァ」

孫六が目をひからせて言った。気が昂《たかぶ》っているようだ。岡っ引きだったころの血が騒ぐのであろう。

「旦那、来やした！　村上の旦那だ」

孫六が身を乗り出すようにして言った。

なるほど、村上だった。捕物装束ではなく、ふだんの八丁堀ふうの格好である。おそらく、上申して与力の出役を仰いでいる時間的な余裕がなかったのだろう。そのため、巡視の途中で下手人が判明し、やむなく捕らえたことにするつもりなのだ。それに、与力の出役を仰がない方が面倒がなくていいのである。

「始まるぞ」

村上の手先がふたり、大戸をしめている手代らしき男のそばに駆け寄った。大戸をしめきる前に仕掛けようと動いたらしい。

「栄造もいやすぜ」

店先に近付いて行く村上の脇に栄造の姿があった。

「旦那、近くへ行ってみやしょう」

孫六が腕捲《うでまく》りをしながら言った。

「そうだな」

遠すぎて、町方の動きはよく見えない。この場からでは、康兵衛と熊蔵が捕らえられたかどうかも分からないだろう。

二

源九郎と孫六は、吉野屋から三軒ほど離れた斜《はす》向いの生薬屋《きぐすりや》の軒下に身を寄せた。ちょうど、村上が手代らしき男をつかまえて、何やら伝えているところだった。隣家の脇と向かいの店先にいた捕方たちが店先に走っていく。捕物装束の男はいなかったが、すでに十手や捕り縄を手にしている者もいた。

通りすがりの職人ふうの男や盤台を担いだぼてふりなどが、異変を察知して慌てて店仕舞いした表店《おもてだな》の軒下や天水桶の陰に身を隠した。不安と好奇の目で、吉野屋の店先に目をやっている。

手代らしき男が駆け付けた捕方に押さえられて、その場にへたり込んだ。

いきなり、村上が手を振った。それが合図だったらしい。捕方たちが、あいている大戸の間からいっせいに店に踏み込んだ。いよいよ捕物が始まるらしい。

そのとき、源九郎は背後から走ってくる足音を聞いた。

「旦那、茂次たちだ」

孫六が後ろを振り返って声を上げた。

茂次、三太郎、さらにふたりの後ろから菅井が走ってくる。

「は、始まりゃァがったな」

源九郎たちのそばに走り寄った茂次が、興奮した声で言った。つづいて三太郎が源九郎の脇に来て、目を剝《む》いて吉野屋の店先を見つめた。

すこし遅れて、菅井が駆け付けた。総髪を揺らしながら、荒い息を吐いている。走ってきたせいで息が上がったらしい。

「は、華町、村上は店に入ったのか」

菅井が訊いた。村上が踏み込んだところを見ていなかったらしい。

「踏み込んだ」

「そうか」

「いまごろ、康兵衛を呼び出しているかもしれん」

源九郎が吉野屋の店先に目を向けて言った。

そのとき、村上は吉野屋の土間に立っていた。十数人の捕方が、土間、畳敷きの売り場、帳場などに散らばっている。

帳場に番頭ふうの男がいた。熊蔵である。店内には、四人の奉公人の姿があった。薬袋の吊してある売り場にいるふたりは、手代と丁稚《でっち》のようだ。それに、薬研《やげん》を前にして座しているふたりも手代らしかった。

店内にいる捕方のうち八人が、四人の奉公人の脇にいた。逃走を防ぐためであろう。ただ、四人の奉公人は逃げる気などないようだった。蒼ざめた顔で、その場で身を顫《ふる》わせている。

他の七人の捕方は土間や帳場にいて、村上の指示を待っていた

「な、何事ですか」

帳場にいた熊蔵が顔をひき攣《つ》らせ、足をもつれさせながら店先に出てきた。顔から血の気が失せ、興奮で体が激しく顫えている。

「八丁堀の村上だが、おまえは番頭か」

村上が朱房の十手を突き付けて誰何《すいか》した。

「は、はい、番頭の熊蔵でございます。こ、これは、いったいどういうことでございましょうか」

熊蔵は村上の前にひざまずき、声を震わせて訊いた。いかにも、大店《おおだな》の番頭らしい物言いである。

「訊きたいことがある。番屋まで、来てもらおう」

村上が語気を強くして言った。

「お役人さま、これは何かのまちがいでございます。てまえどもは、お上の世話になるようなことはいっさいしておりません」

「ならば、恐れることはあるまい」

村上が、それ、と言うふうに、まわりにいた捕縛方たちに十手を振って見せた。

すると、村上の近くにいた四人の捕方が、

「御用だ！」

「神妙にしやがれ！」

などと声を上げ、いっせいに熊蔵に走り寄った。

と、熊蔵がぐいと立ち上がった。顔が豹変《ひょうへん》している。怒張したように赭黒《あかぐろ》く染まり、目をつり上げ、歯を剝き出した。憤怒の形相である。

「ちくしょう！　つかまってたまるか」

叫びざま、熊蔵は反転し、後ろから迫ってきた捕方のひとりを突き飛ばし、帳場机の方へ走った。そして、帳場机の後ろにあった小簞笥《こだんす》の引き出しから、匕首《あいくち》をつかみだした。

「きやがれ！」

熊蔵は腰を低くして匕首を構えた。目が血走っている。やくざ者の本性をあらわしたようだ。

そのとき、帳場の脇の廊下から、ふたりの男が出てきた。店の騒ぎを聞きつけ、奥から様子を見に来たようである。康兵衛と房吉だった。

一瞬、康兵衛が驚愕《きょうがく》に凝固したようにつっ立った。店内の様子を一目見て、何事が起こったか察知したのだ。

康兵衛の姿を見た熊蔵が、

「親分！　町方だ。逃げてくれ」

と、叫んだ。

康兵衛は反転して逃げようとしたが遅かった。栄造とふたりの捕方が、康兵衛の後ろにまわり込んでいたのである。

「あるじか、神妙に縛につけい！」

村上が声を上げた。

康兵衛はギョロリとした目で店内を見まわし、

「房吉！　表の戸口へつっ込め」

と、叫んだ。捕方たちが、奉公人と番頭のそばに集まり、正面に捕方の姿がないのを見てとったらしい。

その声に、はじかれたように房吉が売り場をつっ切り、土間へ飛び下りようとした。その後ろから、ドタドタと足音をひびかせて、康兵衛がつづいた。栄造たち三人が、後を追う。

「逃すな！　まわり込め」

村上が声を上げた。

座り込んだ奉公人のそばにいた捕方が三人、慌てて房吉の前に立ちふさがった。

「どきゃァがれ！」

房吉が、捕方のひとりを突き飛ばし、ひらいている大戸の間から逃げ出そうとした。

別の捕方が逃げようとする房吉の腰にしがみつき、足をからめて引き倒そうとした。

その房吉の脇を大柄な康兵衛が突進した。巨体を揺らしてつっ込んでくる康兵衛には、手負いの巨熊のような迫力があった。

「御用だ！」

もうひとりの捕方が康兵衛の行く手をふさごうとして前に立ち、十手を前に突き出した。だが、康兵衛の迫力に押されて腰が引けている。

「どけ！」

康兵衛はかまわず戸口に走った。

捕方は十手で、康兵衛の肩口を殴りつけたが、二の腕に当たっただけである。

「逃がすな！」

村上が甲走《かんばし》った声で叫んだ。

三

源九郎は、吉野屋の店のなかから聞こえてくる男の怒声や荒々しく床を踏む音などを聞いていた。

捕物が始まったのである。店内から激しい騒ぎが聞こえるのは、康兵衛たちが抵抗しているからにちがいない。

……取り逃がすようなことはあるまい。

と、源九郎は思った。

村上をはじめ、十数人の捕方が店内に踏み込んでいた。裏手もかためてあるはずである。しかも、捕らえるのは康兵衛と熊蔵、それに手下が二、三人だけだろう。刀を手にして抵抗する武士もいないはずだ。

そのとき、戸口の近くで男の怒号がひびき、いきなり大柄な男がひとり飛び出してきた。

羽織に細縞の小袖姿だった。商家の旦那らしい身装《みなり》である。しかも、草履《ぞうり》も履《は》かず足袋のままだった。

「康兵衛だ！」

孫六が叫んだ。

見ると、康兵衛につづいて捕方が三人後を追ってきた。栄造の姿もあった。康兵衛が店から逃げだしてきたのである。

「待て、康兵衛！」

　栄造が声を上げた。

　すぐに、源九郎はその場から走り出た。ここで、頭目の康兵衛を取り逃がすわけにはいかなかった。

　源九郎につづき、孫六が走りだした。菅井たち三人も、康兵衛の背後にまわり込むべく、走った。

「康兵衛、ここは通さぬ」

　源九郎が康兵衛の前に立ちふさがった。

「てめえ！　だれだ」

　康兵衛は誰何《すいか》した。源九郎の顔を見るのは、初めてだったのである。康兵衛の顔に恐怖の色はなかった。源九郎が、年寄りだったからであろうか。

「華町源九郎だ。仲間たちから、聞いた覚えがあるだろう」

　当然、華町の名は知っているはずである。

「て、てめえか、華町は！」

　康兵衛の顔が憤怒でゆがんだ。体がワナワナと顫えている。激しい怒りが、体を顫わせているのであろう。

「ちくしょう！」

叫びざま、康兵衛が腕を伸ばして飛びかかってきた。源九郎の両襟をつかんで、首を絞めようとしたらしい。

源九郎は刀を抜く間がなかった。すかさず、源九郎は左手で鞘の鍔元《つばもと》を握り、鞘ごと前に突き出した。一瞬の反応である。

前に伸びた柄頭《つかがしら》が、踏み込んできた康兵衛の腹へ食い込んだ。源九郎が、咄《とっ》嗟《さ》に柄当ての術を遣ったのだ。

グッ、という喉のつまったような呻《うめ》き声を上げ、康兵衛の上体が前にかしいだ。その格好のまま動きがとまったが、次の瞬間、康兵衛はがっくりと両膝を地面についた。

康兵衛は腹を両腕で押さえ、蟇《ひき》の鳴くような低い呻き声を上げてうずくまっている。

そこへ、栄造たち三人の捕方が駆け付け、うずくまっている康兵衛の両肩を後ろから押さえつけた。

「康兵衛、神妙にしろい！」

栄造がすばやく捕り縄を取り出し、康兵衛の両腕を後ろに取って早縄をかけた。

孫六が栄造の後ろから、

「栄造、おめえの手柄だぜ」

と、声をかけた。

「とんでもねえ、康兵衛を捕れたのは、華町さまたちのお蔭でさァ」

栄造が照れたような顔をして、源九郎と菅井を見上げた。

「熊蔵は捕れそうか」

源九郎が訊いた。

「へい、いまごろ村上の旦那がお縄にしているころでさァ」

「そうか。わしらは、たまたまここを通りかかっただけだ。手出しは、しなかったことにしてくれ」

源九郎はそう言い置き、向かいの店の軒下に身を引いた。

孫六、茂次、三太郎の三人がつづき、しんがりから菅井がとがった顎を撫《な》でながらついてきた。

それから、小半刻（三十分）ほどすると、吉野屋のひらいた大戸の間からいくつもの人影が出てきた。捕方たちである。

すでに辺りは濃い夕闇につつまれ、男たちの顔ははっきりしなかった。ただ、身装や格好は分かるので、だれかは識別できた。

「熊蔵が、お縄になりやしたぜ」

孫六が声を上げた。

「そのようだな」

数人の捕方が、縄をかけられた康兵衛を取りかこんでいた。その後ろに、熊蔵と房吉の姿もあった。

捕方の一隊のなかほどに、村上の姿があった。脇にいるのは、栄造らしかった。栄造が、村上に何か話している。逃げ出した康兵衛を押さえたのは、源九郎であることを耳打ちしているのかもしれない。

捕方たちが、源九郎たちの前を通り過ぎていく。そのとき、村上と栄造が一隊から離れ、源九郎たちに近付くと、ちいさくうなずいて見せた。村上は何も口にしなかったが、胸の内で源九郎たちに礼を言ったのかもしれない。

源九郎たち五人は軒下闇に立ったまま、遠ざかっていく捕方の一隊を見送っていた。濃い夕闇のなかに、溶けるように消えていく。

「さて、長屋に帰って一杯やるか」

そう言うと、菅井が両腕を突き上げて伸びをした。

「どうだ、ひさしぶりに亀楽で一杯やらんか」

源九郎が言った。亀楽は、帰り道にあった。長屋に帰って冷や酒を飲むより、熱燗《あつかん》の方がどれだけうまいかしれない。

「そいつは、いいや」

孫六が声を上げた。

四

「八重を抱いてやってくださいな」

君枝が抱いている八重を、包んでいる綿入れの半纏《はんてん》ごと差し出した。君枝はいくぶん憔悴《しょうすい》した顔をしていたが、ふっくらした饅頭《まんじゅう》のような頬には張りがもどっていた。風邪《かぜ》は治ったようである。

「どれどれ」

源九郎は目を細めて、八重を受け取った。

ずっしりと重い。頬がいくぶん赤らんでいるようだが、やつれた様子もなかった。源九郎が抱いたまま揺すってやると、八重が声をたてて笑った。ひらいた口から、米粒のような歯が覗いている。

「風邪は治ったようだな」

源九郎は八重の体の重みを感じ、花の咲いたような笑顔を見ると、安堵《あんど》と喜びが胸にわいてきた。源九郎のように離れて住んでいる者にとっても、孫の健やかな成長はなにより嬉しいのである。

「父上のお蔭ですよ」

俊之介が笑みを浮かべて言った。顔をおおっていた暗い翳《かげ》が消えている。

「よかったな」

源九郎は、華町家が元の明るい家庭にもどっているのを感じ取った。流行《はやり》風邪という病魔を退散させ、家庭の安寧《あんねい》を取りもどしたのである。

いっときすると、八重がむずかりだした。顔をしかめて手足をつっ張ったり、身をのけ反らせたりし始めた。抱かれているのに飽きてきたらしい。

「よしよし」

源九郎は抱いたまま八重を揺すってやったが、いまにも泣きだしそうに顔をしかめて、身をのけ反らせている。

「八重は、自分で立って歩きたいんですよ」

俊之介が笑いながら言った。俊之介によると、歩けるようになった八重は、長く抱かれているのを嫌がるようになったという。ただ、風邪が治りきっていないので、用心のために綿入れで包み、暖かくしてやっているそうである。

「わしの手に負えんな」

源九郎は困惑したような顔をして八重を君枝に渡した。

「八重、新太郎の手習いを見てきましょうか」

君枝はそう言って、八重を抱いたまま座敷から出ていった。

新太郎はちかごろ手習いを始めたそうだ。さきほど、君枝といっしょに顔を見せたのだが、自分から手習いをすると言って奥へひっ込んでしまった。習い始めということもあり、筆を使って書くのがおもしろいらしい。

「父上、一杯やりますか」

俊之介が思いついたように言った。

「いや、もう帰ろう」

まだ、昼前だった。いまから、酒を飲んでいるわけにはいかない。それに、君枝に酒の支度をさせるのは気が引けた。

「また、寄らせてもらうよ」

そう言って、源九郎は腰を上げた。

俊之介も、それ以上は引きとめなかった。子供たちの面倒を見ている君枝のことを慮《おもんぱか》ったのであろう。

俊之介はすぐに奥へ行き、君枝に源九郎が帰ることを伝えてきた。奥の部屋から、新太郎、お義父《とう》さまがお帰りですよ、という君枝の慌てた声がし、お帰りだ、お帰りだ、という新太郎の声と、なぜか八重の嬉しげな笑い声がひびいた。

障子をあける音につづいて、バタバタと廊下を歩く音がし、君枝と新太郎が戸口にあらわれた。八重は君枝に抱かれたままである。

新太郎の鼻の下に髭があった。手習いに使った墨を指につけたまま、鼻の下をこすったらしい。

「新太郎、鼻の下にもいい字が書けているぞ」

源九郎が笑いながら言うと、

「ま、ほんと」

君枝もお多福のような顔を赤らめて笑った。

新太郎はきょとんとしていた。何を笑われたか分からなかったらしい。

「それにしても、よかった。みんな元気になってな」

そう言い残し、源九郎は俊之介の家族に見送られて外へ出た。

おだやかな晴天だった。陽が燦々《さんさん》と降りそそいでいる。大気のなかには、春の訪れを感じさせるやわらかさがあった。

源九郎は六間堀沿いの道から竪川沿いを経て、大川端へ出た。正面に水戸家の石置き場があった。峰吉が撲殺されていた場所である。

源九郎は、石置き場の端に梅の木があるのを目にとめた。花が咲いている。数輪の花が陽射しのなかで白くかがやいていた。

……春だなァ。

源九郎は胸の内で声を上げた。

その花の先に、大川の川面がひろがっていた。川面の波が陽射しを反射《はね》て、キラキラひかりながら川面を渡ってくる。無数のひかりが川面で戯れているように見えた。

その川面の先には、日本橋の家並がひろがっていた。吉野屋もどこかにあるはずである。

源九郎の脳裏を、康兵衛と熊蔵が捕らえられたときのことがよぎった。案外、あっけなかったような気がした。

……真の敵は、流行風邪だったのかもしれんな。

と、源九郎は思った。

はぐれ長屋に帰ると、井戸端でお熊とおまつが洗濯をしていた。ふたりは夢中でおしゃべりをしていたが、源九郎の足音に気付くと、

「旦那、お帰り。家で菅井の旦那が、待ってるようだよ」

お熊がそう言って、おまつと顔を見合わせて笑った。ふたりの顔は、屈託がなかった。以前のお熊とおまつである。はぐれ長屋をつつんでいた病魔の影も消え、長屋全体が明るくなったようだ。

「菅井が、何の用だ」

源九郎が訊いた。

春を思わせるいい陽気なのに、菅井は居合抜きの見世物にも行かなかったようだ。

「行ってからのお楽しみだよ」

お熊はそう言って、またおまつと顔を見合わせ、声をたてて笑った。

源九郎はふたりに付き合ってはいられないと思い、その場を離れた。

家の腰高障子をあけると、座敷のなかほどに菅井が胡座《あぐら》をかいていた。脇に将

棋盤が置いてある。

「菅井、仕事はどうした」

源九郎があきれたような顔をして訊いた。

「いや、まだ風が冷たいからな。せっかく、治った風邪がぶり返してはと思ったのだ」

菅井が照れたような顔をして言った。

「いまさら、ぶり返すか」

菅井は風邪が治り、外を歩きまわるようになって十日は経つ。

「それに、しばらくおぬしと将棋を指しておらんからな。指し方を忘れてはと思ったのだ」

「忘れるものか」

まったくあきれたものである。何かと理由をつけては仕事を休み、好きな将棋を指しにくるのだ。

「華町、そう言うな。煮染《にしめ》があるぞ」

菅井が丼を持ち上げて言った。膝の向こう側に置いてあって、源九郎の目に入らなかったのだ。

「どうしたのだ、その煮染は」

菅井が煮染など作るはずはなかった。

「お熊だよ。さきほど持ってきたのだ。酒の肴《さかな》にはもってこいだ」

「お熊か」

どうやら、お熊は煮染を持ってきて、ここで菅井と顔を合わせたようだ。

「流しの棚には、酒もあるではないか」

菅井が流し場の棚に目をやって言った。棚に置いてあった貧乏徳利を手にして確かめたらしい。

「さァ、やろう。酒を飲みながら、腰を据えてな」

菅井が嬉しそうに声を上げた。

「まったく、おまえにはかなわんな」

源九郎は苦笑いを浮かべて、将棋盤の前に膝を折った。

なぜか、妙に胸が浮き立った。長屋が流行風邪の魔手から逃れ、明るさと活気を取り戻したことだけではなかった。

源九郎の胸に、長屋の者たちはみんな家族なのだとの思いが湧き、その家族が元気になったのが嬉しかったのである。

双葉文庫

と-12-25

はぐれ長屋《ながや》の用心棒《ようじんぼう》

はやり風邪《かぜ》

2010年4月11日　第1刷発行

【著者】
鳥羽亮《とばりょう》

【発行者】
赤坂了生
【発行所】
株式会社双葉社
〒162-8540 東京都新宿区東五軒町3番28号
［電話］03-5261-4818(営業)　03-5261-4833(編集)
http://www.futabasha.co.jp/
(双葉社の書籍・コミックが買えます)
【印刷所】
慶昌堂印刷株式会社
【製本所】
株式会社若林製本工場

【表紙・扉絵】南伸坊
【フォーマット・デザイン】日下潤一
【フォーマットデジタル印字】飯塚隆士

ISBN978-4-575-66438-6 C0193
Printed in Japan